山月记

名人传

李陵

悟净出世

悟净叹异——沙门悟净手记

妖氛录

牛人

盈虚

弟子

さんげつき

山月记

[日]中岛敦——著

六花——译　鱼眼——绘

浙江人民出版社

目 录

山月记...001

名人传...011

李陵...023

悟净出世...071

悟净叹异——沙门悟净手记...099

妖氛录...119

牛人...129

盈虚...139

弟子...153

山月记

陇西李徵博学多才，天宝末年，他年纪轻轻便考取进士，随后补任江南尉。然而，他性情正直，自视甚高，不甘于做一介贱吏，故而不久后就辞去官职，回到故乡虢略，与周遭断绝往来，终日醉心于诗歌创作。李徵以为，与其做个小吏，长年在庸俗大官面前卑躬屈膝，倒不如以诗人之名，在死后流芳百年。可是，文名的提高并不容易，他的生活日渐贫苦，心情也渐渐焦躁起来。正是从这时起，李徵变得容貌峭刻，唯有目光依然炯炯有神，昔日进士及第时那个面颊丰盈的美少年，如今早已不见了踪影。

数年后，李徵不堪贫穷，为了妻儿衣食，终于屈节再次前往东边，谋得一个地方官员的职位。这也是因为他对自己的诗人前途绝望了大半。昔日同僚如今早已身居高位，他却仍然要对自己过去所不齿的蠢物们唯命是从，不难想象这对当年那个俊才李徵的自尊心伤害有多大。他终日怏怏不乐，狂悖的性情也越发难以抑制。一年后，在一次因公出差途中，投宿在汝水河畔的时候，李徵终于发狂了。

夜半时分，他神情骤变，从床上坐起身，开始呼喊些莫名其妙的话，随后又跳下楼去，冲进夜色之中，之后便再也没有回来。人们将附近的山野搜寻了个遍，始终没有找到他的任何踪迹。此后，再也没有人知道李徵的下落。

翌年，担任监察御史的陈郡人袁傪，奉圣旨前往岭南，途中夜宿在一处叫商于的地方。第二天，当他打算趁天亮之前继续上路时，驿吏却劝他们道："前边的路上有食人虎出没，只有在白天时，赶路的人才能通过。眼下天色尚早，不妨稍候片刻再上路。"然而，袁傪倚仗自己随从众多，拒绝了驿吏的建议，天不亮便出发了。

当一行人借着残月微光，走过一片林中草地时，果然有一只猛虎自草丛中一跃而出。那老虎眼看着就要扑到袁傪身上时，却猛一转身，躲进之前的草丛中去了。随后，只听得草丛中一个反复嘟囔着"好险好险"的人声传了出来。袁傪觉得那声音甚是耳熟，虽然心中仍不免惊恐，但他突然想起那声音是谁，不禁大喊道：

"这声音，莫不是我的友人李徵？"

袁傪与李徵同年进士及第，对朋友不多的李徵而言，袁傪就是最亲近的友人。这大抵是因为袁傪那温和的性格，跟李徵峻峭的性情并不会起冲突。

草丛中许久没有冒出回音，只有似是暗泣的微弱声音不时传来。片刻后，一个低沉的声音答道："我确实是陇西的李徵。"

袁傪忘记了恐惧，下马靠向草丛边，开始畅叙离衷。随后，他问李徵为什么不从草丛里出来，只听李徵的声音答道："我如今已变成异类之身，怎能不知耻地在故人面前露出这般惨相？况且，我若是现身，定会让你心生畏惧嫌恶。不过，没想到如今还能跟故人重逢，怀念之情竟让我忘了羞愧。还望暂且不要嫌弃我现在这副丑恶模样，就当我依然是你的故友李徵，继续跟我说说话吧？"

　　事后想来不可思议，但在当时，袁傪非常自然地接受了这种超自然的怪异现象，一点都没觉得奇怪。他命令部下停止行进，自己则站到草丛边，跟那个声音交谈了起来。袁傪用他们年轻时那种彼此间毫无隔阂的语调，聊起了京城中的传闻、老友们的消息，以及自己现在的官职，在听过李徵的贺词之后，便开始询问李徵变成如今这副模样的原委。紧接着，从草丛中传来这样的声音：

　　"大约一年前，我因公务出行，投宿在汝水边，那晚入睡后，我突然睁开眼，听见外边有人在喊我的名字。我循声向外走去，只听那声音不停地在暗处呼唤我，我便不由自主地朝那声音跑了起来。我拼命地跑，不知不觉间就跑进了山林里，又发现自己不知从何时起，竟然在用左右手抓着地跑。我感觉身体里莫名地充满了力量，毫不费力就能跃过岩石。之后我发现自己的手指上、胳膊肘上似乎都生出了毛。等到天色稍亮时，我走到小溪边，看见水里映出来的自己已经变成了老虎。起初，我也不相信自己的眼睛，想着这定是在梦里，因为我从前做过那种知道自己正在做梦的梦。等我意识到自己并非身处梦境时，我茫然了。我感到了恐惧，万分的恐惧，我想着这可真是世事难料。可是，为什么会发生这种事呢？我不明白。其实，我们什么都不明白，只能老实地接受那些不明所以、强加于己的事，只能不明所以地活着，这就是我们这些生物的命运。我马上想到了死。但就在那个时候，一只兔子从我面前跑过，那一瞬间，我身体里的人性忽然消失了。等到我体内的人性再次清醒过来时，我的嘴边已沾满那只兔子的鲜血，兔毛也在身边撒了一地。这就是我身为老虎的初体验。

"关于我至今为止的所作所为，我实在难以启齿。不过，我这属于人类的心，每天定会恢复过来几个时辰。在这段时间里，我能跟从前一样讲人话，进行复杂的思考，还能背诵出经书上的段落。每当我用人类的心，看到自己变身老虎时那些残暴行径的后果，再回顾起我的命运，便是我感到最耻辱、恐惧、愤怒的时候。但是，我的心变回人的时间在一天天变短。之前，我内心不解的是自己为什么会变成老虎，可最近，我突然发现自己在想的却是，我从前为什么是人。这是最让我害怕的事。过不了多久，我身体里这颗属于人类的心，就会被野兽的习性湮没，直至完全消失吧。就像古老宫殿的铺地石，渐渐被沙土掩埋一样。这样下去，我终将忘却自己的过去，彻底变成一只老虎，四处发狂，如果再像今天这样跟你在途中相遇，我一定认不出你这位故人，只会毫无悔意地把你撕碎食尽吧。不管是野兽还是人类，原本会不会是其他什么生物呢？最开始我们还记得自己是什么，但后来便渐渐忘了，于是深信自己始终都是现在这副样子，事实会是这样吗？不对，这些事已经无所谓了。如果我身体里的这颗人类的心彻底消失的话，或许我会变得更幸福吧。可是，我身体里的这颗人心，最害怕的也正是这件事。啊，我若失去了身为人类的记忆，那将是多么可怕、可悲、可叹的事啊！这种心情没人会懂，只要不是跟我处境相同，就没人会懂。对了，还有一事，在我彻底变成老虎之前，我还有一事相求。"

袁傪一行人，屏息倾听着草丛里的声音所讲的这番不可思议的事，只听那声音继续说道：

　　"不是别的，就是我之前本想以诗人身份成就名声，可惜我诗业未成，就先落得这般命运。我曾经创作的数百首诗，自然还不为世人所知，那些诗稿想来也下落不明了吧。不过，其中有几十首，我现在尚能记诵，还望你帮我记录下来。我并非想靠这几首诗以诗人自居，我也无从判断这些诗作的优劣，只是想将自己毕生执着到倾家荡产、心智癫狂的东西传给后世，如果连一首诗都无法留下，我定会死不瞑目。"

　　袁傪命部下拿出纸笔，依照草丛里的声音做好记录。李徵洪亮的声音自草丛中不断传出，其中长短诗歌共三十首，皆是格调高雅、意趣卓逸之作，一读便能看出作者的才能不同寻常。然而，袁傪在暗自赞叹的同时，也隐约生出另一种感觉——作者的天赋实属一流，但若想成就出一流的作品，有些地方（非常微妙之处）似乎还有所欠缺。

　　将诗作全部念完之后，李徵的声调突然一转，开始说些自嘲般的话：

　　"说来惭愧，现如今，即便我变成了这副惨相，却还会梦到自己的诗集被放在长安风流人士的书桌上的场景。那竟然是我睡在山洞里做的梦。你们尽管笑吧，笑我这个没能成为诗人，却变成了老虎的可悲之人。"

　　袁傪回想起李徵年轻时的自嘲癖，伤感地继续听他讲话。

　　"对了，权当是博君一笑，我以现在的感想即席赋诗一首吧，就当是曾经的李徵还活在这只老虎躯壳里的凭据和见证。"

　　袁傪随即命人记录下这首诗——

偶因狂疾成殊类，灾患相仍不可逃。

今日爪牙谁敢敌，当时声迹共相高。

我为异物蓬茅下，君已乘轺气势豪。

此夕溪山对明月，不成长啸但成嗥。

此时，残月凄清，白露满地，树梢间冷风阵阵，宣告着破晓将近。人们早已忘却了此事的奇异之处，只是肃然地感叹着这位诗人的不幸。李徵的声音再次响起：

"方才我说不知为何会落得这般命运，但仔细想来，也并非毫无头绪。当我还是人类时，我尽量避免与人交往，于是人人说我高傲、自大。但人们不知道，我那样做都是因为我的羞耻心在作祟。当然，曾经被乡党们称为鬼才的我，并非没有自尊心，但那不过是一种怯懦的自尊心。我想着以诗成名，却不曾去主动拜师，主动结交诗友，努力切磋琢磨技艺。其实，我并不愿与那些凡夫俗子为伍，这皆是因为我那怯懦的自尊心与自大的羞耻心在作祟。

"我惧怕自己并非美玉，因此不敢刻苦打磨，但是，我又对自己能成为美玉而怀有半分自信，故而不肯庸庸碌碌，与瓦砾为伍。由此我渐渐远离世俗，与人疏远，在愤懑与怨恨中，任由自己内心深处那怯懦的自尊心日益膨胀。其实人人皆是驯兽师，而那头猛兽，就是人们各自的性情。于我而言，这份自大的羞耻心就是猛兽，是老虎，它毁了我，又让我的妻儿受苦，令我的友人受伤，到最后，就连我的外表也变成了猛兽，成了与我内心相符的模样。现在想来，我实在是，实在是将我那仅有的一点才能白白浪费了。

"'人生无所为则太过漫长，有所为则太过短暂'，我嘴上空说着这些警句，而事实上，害怕才能不足被暴露的怯懦恐惧，以及厌恶刻苦钻研的怠惰才是我的全部。这世上有人才能远逊于我，却因为肯用心钻研，最终也成了名副其实的诗家。可惜如今我变成老虎，才终于明白了这些道理。每每想起此事，我的心都要在悔恨中备受煎熬。我已然再也回不到人类的生活了，即便我现在在脑海中作出一首好诗，又要如何告诉世人呢？况且，我的大脑正一天天地向老虎靠近。

"我该如何是好？我那被白费了的过去该如何是好？我快承受不住了。每到这种时候，我会跑到对面山顶的岩石上去，朝着空谷怒吼。我真想把心里这份灼热的悲痛倾诉给别人听。昨天晚上，我在那里朝着月亮咆哮，我渴求着能有谁来理解我这份痛苦。然而，其他野兽听到我的吼声，只会害怕得跪伏在地上。这大山、树木、明月、白露，只会把我的呼喊当成是一只老虎在发狂怒吼。就算我仰天伏地哀叹不已，也没有一个人能理解我的心情，就像我还是人类时，没人能理解我那容易受伤的内心一样。要知道沾湿我皮毛的，并不只有深夜的露水啊。"

周围的夜色渐渐褪去，不知从何处响起的晓角声，穿过树林，悲戚地回荡开来。

"是时候分别了。快到我要失去神志（不得不变成老虎）的时候了。"李徵继续说道，"不过在分别之际，我还有一事相托。是我妻儿的事，他们如今还在虢略，自然不知道我现在的处境。等你从南边回来之后，可否告诉他们我已经不在人世了呢？

今天的事，还请万万不要提及。还有一个不情之请，你若怜悯他们孤儿寡母，能保他们日后不会饿死、冻死街头，我将感激不尽。"

语毕，草丛中传来了恸哭声。袁傪也跟着潸然泪下，他欣然答应了李徵的请求。但李徵又变回了方才自嘲式的口吻，说道：

"其实，如果我还是人类的话，本该先拜托你这件事的。正因为我是个比起快饿死冻死的妻儿，更关注自己那贫乏诗业的人，才会沦落成这等野兽之身。"

随后，李徵又补充道："从岭南归来时，切不可再走此路，因为到那时，我可能会神志不清认不出故人，对你发起攻击。另外，等你们稍后走到前边百步之外时，请登上那座小山丘，回头再朝这边望一望。我想让你亲眼看看我现在的模样。我并不是要夸耀自己的勇猛，只是为了让你看到我这丑恶的模样后，好再也不想从此处经过见到我。"

袁傪面向草丛，诚恳地告过别后，再次骑上马。只听草丛中又传来似是难以抑制的悲泣声。袁傪不住地回头望向草丛，眼含泪水继续行进。

等一行人登上山丘之后，他们依照李徵方才的嘱咐，回头望向那片树林间的草地。只见一只老虎突然从繁茂的草丛中跳到大路上。那老虎仰头望向已然褪去皎洁光芒的月亮，连续咆哮了两三声后，再次纵身跃入刚才的草丛中去，隐匿了身影。

名人传 ①

---

① 此处 "名人" 为日语汉字词汇，是 "高手、大师" 之意。

在赵国都城邯郸，住着一位名叫纪昌的人，他立志成为天下第一神射手。在寻找适合做自己师父的高手时，纪昌发现当今善射之人中，无人能出名射手飞卫之右。据说，飞卫能在百步之外射中柳叶，且百发百中。于是，纪昌千里迢迢找到飞卫，拜在其门下。

飞卫对这位新徒弟说："你必须先学会看东西不眨眼。"

纪昌随即回到家中，钻到妻子的织布机下，仰面躺在地上。织布机上下往复的踏板几乎擦着纪昌的眼睛来来去去，他却一动不动地盯着看，眼睛连眨都不眨一下。不明缘由的妻子见到丈夫的这番举动，大为吃惊。被丈夫从奇怪的角度以奇怪的姿势窥视，她觉得很不自在。但是纪昌斥责了面露难色的妻子，硬要她继续织布。一日又一日，纪昌便以这种滑稽的方式，重复着不眨眼的修炼。

两年后，即便高速往复的踏板从睫毛上掠过，纪昌也绝不会眨一下眼睛。至此，他终于从织布机下爬了出来。如今，就算锋利的锥子尖扎向他的眼皮，他也不会眨一下眼，就算火星忽然飞向他的眼睛，火盆上突然飞灰四起，他也绝对不会眨眼。他的眼皮早已忘记要如何调动闭眼的肌肉，夜晚，即便是在熟睡中，纪昌的眼睛也始终大睁着。最终，当他双眼的睫毛之间，被一只小蜘蛛结上了网，他才总算能自信满满地去向师父飞卫报告。

听纪昌讲完自己的修炼成果后，飞卫说："只学会不眨眼，还不足以传授你射箭技巧。你还得学会看，你必须熟练掌握如何看东西，要能把小的看成大的，把细微的看成明显的，到那时你再来告诉我。"

纪昌再次回到家中，从自己内衣的针脚里找出一只虱子，又用自己的头发将其系住，挂在朝南的窗户上，终日注视着它。一日又一日，他一直凝视着挂在窗前的虱子，起初，他看到的虱子自然只是一只虱子，两三天后，依然没什么变化。然而十余日后，也不知是不是自己的心理作用，他总觉得那虱子看起来似乎变大了些。等到三个月后，纪昌眼中的虱子，已然如蚕一般大小。挂着虱子的窗外风景，逐渐发生着变化，温和的春日暖阳，不知不觉间变成了炽热的夏日艳阳，刚刚看见一行大雁从澄澈的秋日高空飞过，凄冷的灰色天空中，便已有雨雪纷纷飘落。纪昌始终耐心地望着挂在头发丝上的那只会令人皮肤瘙痒的有吻类小节肢的动物。当虱子不知被换到第十几只时，三年的时光悄然逝去，一日，纪昌突然发现，窗户上的虱子看起来足有一匹马那么大。

"成了！"纪昌一拍大腿，跑出了家门。他简直不敢相信自己的眼睛，因为他此时看到的人犹如高塔，马犹如大山，猪好似山冈，鸡则如同城楼。纪昌欢欣雀跃地返回家中，再次看向窗边的那只虱子，他拉开燕国牛角做成的弓，搭好北方蓬竹制成的箭，一箭正中虱子的心脏，而悬挂虱子的头发丝却并没有断。

纪昌赶忙去向师父报告。飞卫知道后，激动得举足顿地，第一次表扬了纪昌："你学成了。"之后，飞卫毫无保留地将射术的秘诀全部传授给了纪昌。

　　长达五年的眼睛的基础训练终于显现出效果，纪昌在射术上的进步快得惊人。

　　秘诀学习过十天之后，纪昌开始尝试在百步之外射柳叶，已然是百发百中。二十天后，当他将盛满水的酒杯放在右肘上，同时拉开弓时，他不只没有瞄偏目标，就连杯中之水都纹丝未动。一个月后，纪昌准备了一百支箭练习快速射击，只见第一支箭正中靶心后，紧接着飞来的第二支箭又准确无误地扎在第一支箭的箭尾上，顷刻间，第三支箭的箭头又稳稳地嵌入第二支箭的箭尾。箭箭连发，发发相连，由于后一支箭的箭头必定会扎入前一支箭的箭尾，所以始终没有箭落到地上。眨眼之间，一百支箭前后相连，看起来恍若一支箭，从靶心延伸出的这条直线末端的箭尾，就好像还在弦上一般。站在旁边看着这一幕的师父飞卫，也不由得叫了声好。

　　时间又过去两个月，一日，纪昌回到家中时，跟妻子发生了争吵，为了吓一吓妻子，他将綦卫之箭搭在乌号之弓[①]上用力拉满，朝妻子的眼睛射去。只见那支箭射掉了妻子的三根睫毛后，向远处飞去，而被射的妻子却丝毫没有察觉，眼睛连眨都没眨一下，依然在骂着丈夫。看来，凭借纪昌的绝技，他射箭的速度及瞄准的精确度，已然达到了炉火纯青的境界。

　　从师父身上再无技可学的纪昌，一日，忽然冒出一个可怕的

---

① 綦卫之箭是古代綦地出产的利箭。乌号之弓是黄帝所用之弓，后世指良弓。

想法。

　　当时，他仔细思量着，如今在射术上能与他匹敌的人，除了师父飞卫就再无他人，若想成为天下第一神射手，无论如何都要除掉飞卫。于是，纪昌开始暗中窥探下手时机。一天，当他来到野外时，飞卫恰好独自迎面走来。纪昌瞬间下定决心，拿出弓箭，瞄准了飞卫，飞卫意识到纪昌对他起了杀意，即刻拿起弓箭应对。只见这二人互相朝对方开弓射箭，而那两支箭却在途中相撞，一齐掉在了地上。落在地面的箭没有扬起一丝灰尘，由此可见这二人的射术都已是出神入化。最后，当飞卫将箭射完时，纪昌手上还留有一支箭，他心下窃喜，自信满满地射出了这最后一箭，飞卫见状，立即折下路旁的一枝荆棘，就用那荆棘带刺的一端，"当啷"一声打落了飞来的箭。

　　至此，纪昌终于醒悟到自己的奢望无法实现，一种若是成功杀死飞卫，则绝对不会冒出来的道义上的惭愧，此时突然涌向他的心头。而飞卫则正沉浸于摆脱危险的安心，以及对自己技艺的满足，完全忘记了对敌人的憎恨。他们两人一起朝对方跑去，在旷野中相拥而泣，一时间为这美好的师徒之情而泪眼蒙眬。（我们无法用现在的道义观来审视这件事。毕竟在那个时代，还发生过许多如今难以理解之事，譬如，当美食家齐桓公希望吃到自己从未品尝过的珍馐时，厨师易牙便将自己的儿子蒸制成菜肴，献给了齐桓公；十六岁的少年秦始皇，在父亲去世的那一晚，曾三度闯进父亲爱妾的寝宫。）

　　当飞卫与纪昌师徒二人哭作一团时，飞卫想到如果这个弟子再次生出歹念的话，自己的处境将极其危险，因此他必须给纪昌一个新目标，以转移他的注意力。于是，他对这位危险的弟子说："为师已再无技艺能传授给你。如果你想继续掌握射术上的奥秘，就往西边去吧，越过太行之险峰，登上霍山之顶，那里住着一位名叫甘蝇的老师，他可是古今罕见的善射之大家。跟那位老师的技艺相比，你我的射术不过是儿戏。你现在要找的师父，唯有这位甘蝇老师。"

纪昌即刻向西启程。"跟那位老师的技艺相比，你我的射术不过是儿戏"，师父的这句话，让纪昌的自尊心颇受打击。如果这话当真，自己那成为天下第一的目标，就还有很长的路要走。为了弄清楚自己的技艺到底是不是儿戏，纪昌想着无论如何都要尽快去跟那位老师比一比，为此他只顾埋头赶路。眼见他的脚底磨破了，小腿也弄伤了，攀上了危险的岩石，又走过狭窄的栈道，一个月后，终于抵达了霍山山顶。

然而，在那里迎接意气风发的纪昌的人，却是一个目光如山羊般柔和，步履蹒跚的老爷爷。他的年龄大概已超过百岁，因为腰弯得厉害，走起路来，连白髯都拖到了地上。

想着对方或许耳聋，纪昌便提高嗓门，匆匆说明了来意。待他说完想让老人看看自己的射术如何之后，焦急的他等不及对方回复，就突然将背后的杨干麻筋弓握到了手上。随后，他将石碣箭搭在弦上，望向正从高空飞过的候鸟群，瞄准了目标。一箭离弦，顷刻之间，五只大鸟竟一齐从碧空之上坠向地面。

"不错啊。"老人露出安详的微笑，接着说道，"不过，这终究只是'射之射'，看来好汉你还不知道'不射之射'吧。"

　　纪昌听后怒上心头，这位苍老的隐士却径自将他带到两百步外的一处绝壁之上。只见脚下壁立千仞，好似屏风一般，而遥远的下方，一条溪流细如丝线，单是稍稍向下窥探一眼，就会立即让人头晕目眩。老人无所顾忌地走到从断崖伸向半空的一块危石上，转过头来对纪昌说："怎么样？你能在这块石头上，让我再见识见识你刚才的射术吗？"

　　这种状况自然无法让纪昌退缩，他跟老人换了位置，踩到那块危石上的瞬间，石头还微微晃动起来。纪昌逼自己鼓起勇气，准备将箭搭上弓弦，而就在这时，悬崖边上的一块小石头正巧掉了下去。当纪昌的目光随那块石头向下坠落时，他不由自主地趴到石头上，双脚颤抖个不停，冷汗直流到了脚后跟。

　　老人见状笑了起来，他伸手扶纪昌走下危石，自己又站了上去，说道："那我就让你看看什么叫'射'吧。"

　　此刻的纪昌依然心跳不止，脸色苍白，但他马上意识到老人的话有些问题，赶忙问道："但是您的弓呢？弓在何处？"

　　此时的老人正两手空空。

　　"弓？"老人笑了，"需要弓箭的不过是'射之射'。所谓的'不射之射'，既不需要乌漆弓，也不需要肃慎箭[1]。"

　　就在这时，他们头顶上方天空的极高处，一只老鹰正悠然地盘旋着。甘蝇仰头望向那芝麻粒大小的鹰，片刻后，便将一支无形之箭搭上无形之弓，又将弓拉至满月一般后，猛地放开了箭，

---

[1] 周武王时期，肃慎部落的人曾进贡当地所产名箭，称"肃慎之矢"。肃慎是中国古代北方的少数民族。

只见那高空中的老鹰连翅膀都没拍一下，就像块石头似的从空中落了下来。

纪昌战栗不已。他觉得自己直到这一刻才终于窥探到射术之深渊何在。

此后九年，纪昌一直追随在这位年迈的射术大师身边。关于他在此期间经历了怎样的修行，并没有人知晓。

九年过后，当纪昌再次回到山下时，众人都惊讶于他脸上发生的变化。纪昌从前那副好强而剽悍的神情不知所终，他如今的容貌就像一个长着木偶脸的愚者，毫无表情。当他时隔多年再次去拜访昔日的老师飞卫时，飞卫一见到他的这副神情，就大声赞叹道："你现在终于成了天下无敌的高手，我辈望尘莫及啊。"

邯郸城迎回了成为天下第一高手的纪昌，每个人都兴奋地盼望着，在不久的将来能亲眼见识见识他的绝技。

然而，纪昌全然没有要满足大家期待的意思。他甚至连弓都不再碰了。他上山前带走的那张杨干麻筋弓也不知被扔到了何处。有人曾问过纪昌不再拿弓箭的原因，纪昌则无精打采地答道："至为即无为，至言即去言，至射即为不射。"理解力极强的邯郸人，当即领会了这句话的意思。不再执弓的神射手成了他们的骄傲。纪昌越是不碰弓，关于他天下无敌的评价就越是被广为流传。

各种各样的传闻被人们口口相传，比如，每晚三更过后，纪昌家的屋顶上，都会传来不知何人发出的弓弦声。据说，那是寄居在神射手纪昌体内的射术之神趁主人入睡时，离开他的身体，以便帮主人驱散妖魔，彻夜守护。此外，住在纪昌家附近的一位商人还说，某天夜里，他看见纪昌在自家上空乘着云，还罕见地手执着弓，正在跟古代的名射手后羿、养由基二人比试射术。当时，三位高手放出的箭都拖着蓝白色的光尾划过夜空，一齐消失在参宿与天狼星之间。还曾有盗贼坦白说，他在刚刚翻上纪昌家的围墙，准备潜入其中时，那寂静的家里就突然冲出一道杀气，正好打在他的额头上，让他不由自主地滚落到了墙外。此后，心怀邪念的家伙们都会从纪昌家周围的千米之外绕道而行，就连聪明的候鸟们也不再从他们家的上空飞过。

在漫天的盛名之中，神射手纪昌渐渐老去。他那早已远离了"射"的心，似乎越发进入淡泊虚静的境界，而他那张木偶般的脸上，也越发没了表情，连话也说得极少，到最后，就连他是否还在呼吸都会引人怀疑。"已然不知人我之别、是非之分。只觉眼如耳，耳如鼻，鼻如口"，恰是他晚年的所思所想。

离开甘蝇师父四十年后，纪昌静静地，恍如一缕轻烟般静静地离开了人世间。在这四十年中，他从未提及射箭之事。既然他连说都不说，自然就更不可能碰过弓箭。诚然，身为一个寓言作者，我也希望这位神射手能在最后大显身手，明确表现出他之所以能成为真正高手的原因，然而，我又无论如何都不能歪曲记载在古书上的事实。其实，纪昌晚年一直专注于无为自化，至于他流传至今的事迹，也仅有以下这则玄妙的故事而已。

这个故事大抵发生在他过世的一两年前。一日，年老的纪昌应邀去朋友家做客，在那里，他看到一件器具。那确实是一件似曾相识的东西，但他怎么也想不起它的名字，更想不起它的用途。于是，纪昌去询问这家的主人，问这件东西叫什么，又有什么用处。主人听后，以为他只是在说笑，便装傻似的轻轻一笑，然而纪昌认真地又问了一遍。主人猜不出客人的心思，脸上再次浮现出模棱两可的笑容。等到纪昌第三次露出认真的神情，问出相同的问题时，主人的脸上终于露出了惊愕的神色。他一动不动地凝视着客人的双眼，意识到纪昌确实没在开玩笑，也没有发疯，同时自己也并没有听错时，他惊慌地露出近似恐惧之色，结结巴巴地叫喊道：

"啊，夫子啊，古今无双的神射手夫子啊，您连弓都不认识了吗？啊，您连弓之名、弓之用途都忘记了吗？"

据说，此后的一段时间里，在邯郸城中，画家藏起了画笔，乐师扯断了琴弦，工匠则以手持规与矩为一种耻辱。

（昭和十七年十二月）

李
陵

一

汉武帝天汉二年（公元前99年）秋九月，骑都尉李陵率领五千步兵，从边塞遮虏障①出发北上，沿阿尔泰山东南山麓，在几近没入戈壁沙漠的贫瘠丘陵地带之间，已穿行了整整三十日。朔风戎衣，凛冽刺骨，一派孤军万里远征的景象。直到行进至漠北浚稽山一带，全军才终于停下脚步，扎营休憩。此时，他们已深入到匈奴腹地。

时序入秋，但北地已是满目萧瑟，苜蓿枯萎，榆树、柳树上的叶子也早已落尽。其实何止是树叶，这里就连树的影子也难得一见（除了扎营地附近），到处都是沙砾、岩石、河滩，以及干涸的河床，一片荒凉。极目远望，更不见人烟，只偶尔能看见在旷野上寻找水源的羚羊。天空尽头，远山耸立，一行大雁正从高空匆匆飞过，向南而去。然而，这番景象并没能勾起将士们的思乡之情，因为他们现在正处于极其危险的境地。

面对以骑兵为主力的匈奴，李陵却连一队骑兵都没带（全军

---

① 遮虏障即居延塞，是西汉太初元年至三年（前104—前102年）强弩都尉路博德所筑，在今内蒙古额济纳旗东南。

仅李陵和数位幕僚骑着马），只率领着步兵就闯入了敌军腹地，这实属轻率至极的举动。就连步兵也不过区区五千人，且完全没有后援，再加上浚稽山距离最近的汉塞居延，足有一千五百里[1]之遥。若没有对统帅李陵的绝对信任及尊敬，此次行军断然无法坚持下去。

每年秋风起时，汉朝的北部边境，总会出现大批骑着胡马而来的彪悍侵略者。他们杀害边吏，掠夺百姓，抢劫家畜。五原、朔方、云中、上谷与雁门，都是历年的受灾地。唯有在元狩至元鼎年间（公元前122年—公元前111年）的数年中，倚仗大将军卫青与骠骑将军霍去病的武略，匈奴王庭才暂时退出漠南，然而近三十年间，边境又开始连年遭受匈奴的侵扰。霍去病死后十八年，卫青逝世七年后，浞野侯赵破奴率领全军投降匈奴，光禄勋徐自为在朔北筑起的城障也被迅速击破，此时能够赢得全军信赖的将帅，就只剩下几年前远征大宛时，立下战功的贰师将军李广利了。

这一年——天汉二年（公元前99年）五月——贰师将军率领三万骑兵，赶在匈奴入侵之前从酒泉出发，准备在天山一带，迎击屡次窥视西部疆土的匈奴右贤王。其间，武帝下令，命李陵去为李广利军队运送粮草。然而，被召见至未央宫武台殿的李陵却竭力请辞。李陵乃汉朝名将飞将军李广之孙，自幼有祖父之风，善于骑射，几年前被封为骑都尉，驻守在西部边疆的酒泉、张掖，教习箭术，训练士兵。如今，李陵年近四十，恰是血气方刚

---

[1] 汉朝时的一里为三百步，约为 415.8 米。

之时，自然不甘于只为他人做运输兵。

"臣在边境训练出来的士兵，皆是一骑当千的荆楚勇士，臣愿率领他们自成一军出征，从侧面牵制匈奴兵力。"

武帝对李陵的请愿予以首肯，然而由于近来不断向各方派兵，此时，朝廷已没有多余的马匹能分配给李陵了。李陵却说"没有马匹也无妨"。他知道只带步兵出征确实勉强，但是与其去当运输兵，倒不如跟愿意舍命相随的五千名部下一起，冒险一搏。

"臣愿以少击多。"

李陵的这句豪言，让好大喜功的武帝听后大悦，并最终答应了李陵的请求。返回西部的张掖后，李陵统率部下，即刻向北进发。与此同时，武帝诏令驻屯在居延的强弩都尉路博德，让他在中途迎候李陵的军队。

至此，诸事进展顺利，但就在不久之后，麻烦出现了。

这个叫路博德的人，从前曾跟随霍去病北征匈奴，封爵邳离侯，他更为显赫的功绩是在十二年前，作为伏波将军，统率十万士兵，平定了南越。后来，他因受犯了罪的儿子牵连，被削了爵位，落到了现在这个镇守边塞的境地。若从年龄上来说，路博德足可做李陵的父辈，况且身为曾被封侯的朝廷老将，现如今却被下令跟随在李陵这样的年轻人身后，他自然不愿接受。为此，在等待李陵军到来的同时，路博德派人往京城送上奏书——

"眼下正值匈奴秋高马肥之时，且敌军善于骑马征战，以李陵寡兵之势，恐难敌其锋芒。因此，臣希望能与李陵一起在此过冬，等到来年春天，再分别从酒泉、张掖各率五千骑兵出击，是为上策。"

李陵自然不知道这封奏书的存在，然而武帝为此勃然大怒，以为这是李陵跟路博德二人合议后送来的上书。

"当初在我面前夸下海口，如今到了边塞，却又突然开始怯战，真是岂有此理！"武帝心下暗想，随即派使者为路博德和李陵送去诏令。

他传诏路博德："李陵在我面前立下豪言，说要以少击多，故而你无须协助他。现在，匈奴入侵西河，你且留下李陵军，速速领兵赶往西河，断掉敌军去路。"又传诏李陵："立即前往漠北，在东至浚稽山，南达龙勒水的范围内观察敌情，若无异常，就沿浞野侯赵破奴走过的路线，前往受降城休整军队。"诏书中当然也少不了针对他与路博德合议上奏一事的严词质问。

且不说以寡兵之力在敌军领地徘徊有多危险，对于一支没有骑兵的军队而言，要走完这被指定的数千里行程，可谓困难异常。想想那只能依靠徒步的行军速度，车辆也只能依赖人力牵引，再加上入冬后胡地的严酷气候，此行的艰难程度可想而知。尽管武帝绝非庸君，却与同样不是庸君的隋炀帝、秦始皇有着共通的优缺点。且说武帝宠妃李夫人之兄贰师将军李广利，由于兵力不足，他在出征大宛时，欲意暂且撤兵，武帝得知后大怒，命人拦在玉门关前，不允许任何人入关。那次远征大宛，其实只是为了获得大宛的良马而已，但武帝一言既出，再任性的旨意都必须被执行。更何况，李陵此行原本就是自告奋勇，季节和距离这些艰难异常的条件自然不能成为犹豫不前的理由。就这样，李陵踏上了"没有骑兵的北征之行"。

在浚稽山中停留的十余日间，李陵每天都会派人去远处探查敌情，还要将附近的山川地形毫无遗漏地绘成地图，上报朝廷。李陵命其麾下的陈步乐带着这些地图及奏章，独自策马前往京城。这位被选中的使者向李陵施过一礼后，从不足十匹的马中牵出一匹，快马加鞭，奔向山下。目送着陈步乐在灰蒙蒙的辽阔荒漠中逐渐远去的身影，全军将士的心中仿佛都充满了不安。

在这十几天中，浚稽山的东西三十里之间，不曾出现一个胡兵。

先于李陵出征匈奴的贰师将军李广利，夏天时曾一度在天山击败匈奴右贤王，然而在归途中，却被另一队匈奴大军围困，落得惨败。据说汉军伤亡高达六七成，连将军的性命都遭受到威胁。这些消息也传到了李陵军中。那么打败李广利的敌军主力，眼下身在何处呢？从距离和时间上来看，因杅将军公孙敖现在在西河、朔方一带防守（跟李陵分别后的路博德，正是要去驰援他）的敌军，应该并非击败李广利的那队兵马，毕竟在这么短的时间内，不可能从天山赶到天山以东四千里之外黄河以南的鄂尔多斯。由此看来，匈奴主力部队现在必定驻屯在李陵军的扎营地至北部的郅居水之间。李陵每日都会登上前山山顶，眺望四方，从东往南，只见一片广袤的沙原，从西向北，则是树木稀疏的绵延丘陵。秋云之间，偶有似鹰似隼的鸟影掠过，地面上却始终不见一骑胡兵。

在山谷疏林的边缘地带，战车首尾相连排列成一个圆阵，圆阵之中就是成排的营帐。入夜后，气温迅速下降，士兵们从稀少的树木上折下树枝，烧火取暖。在扎营的这十天里，月亮渐渐不见了踪影，或许是空气干燥的缘故，夜空中的群星看起来璀璨夺目。每晚，天狼星都会闪烁着蓝白色光芒，星光倾斜向天际，仿佛就要触碰到那些漆黑的山影。

十多日都无事发生，李陵终于决定撤离此地，明天起就沿着武帝指定的路线，向东南方向进发。然而就在这一晚，一个步哨不经意地望向那颗灿烂的天狼星时，发现在那颗星星的正下方，突然出现了一颗特别大的红黄色星星。正当步哨好奇地定睛细看时，只见那颗从未见过的巨大星星，拖着粗大的红色光尾晃动了起来。紧接着，两颗三颗、四颗五颗，相似的光点出现在其周围，一齐开始晃动。正当步哨禁不住要大喊出声时，那些遥远的光点却又突然消失了，仿佛他刚才所见的光景只是一场梦境。

接到步哨的报告后，李陵号令全军，明早天一亮，即刻做好应战的准备。他走出营帐，检查过各个岗位后，便再次回到营帐中陷入熟睡，整夜鼾声如雷。

翌日清晨，李陵醒后，见全军将士已按照他昨晚的命令摆好阵形，静候敌军的到来。全体士兵走到战车外侧，持戟持盾者站前列，持弓弩者则站在后列。此时，山谷两侧的山峰仍被黎明之前的黑暗与寂静笼罩着，然而四周的岩石后边，似乎正潜藏着些什么。

当第一缕阳光洒进山谷中的那一刹那（匈奴单于好像要拜过朝阳之后，才会发起进攻），左右两侧原本空无一人的山顶至山坡之间，突然涌现出无数人影。伴随着震撼天地的喊声，匈奴士兵冲向山下。直到匈奴先锋逼至二十步之外时，方才一直悄无声息的汉军阵营，才终于响起了战鼓声。与此同时，千弩齐发，数百名匈奴兵一齐应弦而倒。就在剩余匈奴兵仓皇欲逃的千钧一发之际，汉军前列持戟的士兵们再次发起攻击。匈奴军彻底溃败，向山上逃去。汉军乘胜追击，斩首数千。

李陵军首战告捷，但顽固的敌军断然不会就此撤退。单是今天来的敌军就足有三万人，从山顶飘扬的旗帜来看，那定是单于的亲卫军。如果单于在此地，那么再调动出八万、十万的预备军也不无可能。因此，李陵决意即刻撤离，向南移动。他取消了之前向东南方向两千里外的受降城进发的计划，打算循着半个月前来时的那条路，尽早返回居延塞（也有一千数百里路程）。

向南行进至第三天，正午时分，在汉军后方的遥远地平线上，只见浩如云团的黄沙漫天飞扬。那正是前来追击的匈奴骑兵。第二天，八万名匈奴士兵快马赶到，将汉军队伍的前后左右围了个水泄不通。不过，鉴于前几日的失败，这些匈奴骑兵并不敢靠得太近，他们远远围住向南行进的汉军，不停地从马上放箭。当李陵命全军停下脚步，摆好作战阵形时，敌军又立即策马后退，以避免近战。等到汉军重新开拔时，匈奴兵便再次围上去放箭。汉军的行军速度大减自不必说，就连死伤人数也在逐日递增。如同旷野上跟在又累又饿的旅人身后的狼一般，匈奴追兵持续着这一战术，固执地一直跟在汉军后边。他们在一点一点地消耗汉军的战力，等待着最终发起致命一击的时机。

李陵军向南且战且退了数日后，终于在一处山谷中，停下休整了一日。军中负伤人数已占据了相当比例，李陵点名检查了全员的受伤状况，规定有一处受伤者，要像往常一样，继续拿起武器战斗；有两处受伤者，则去帮忙推战车；有三处受伤者，才能坐在车上被人推行。此外，由于运力缺乏，所有阵亡士兵的遗体只能被遗弃在旷野。

当晚，李陵在营地中视察时，碰巧在一辆粮草车里，发现了一个身穿男装的女人。等到将全军车辆一一检查完后，竟从中搜出来十几个装扮相同的女人。从前，关东盗贼被剿后，他们的妻儿便被驱逐至西部边塞。这些寡妇衣食无着，便做起了边境守卫兵的妻子，抑或跟他们成了客人与娼妓的关系。一路藏匿在战车里，长途跋涉跟到漠北来的正是这些女人。李陵当即命令军吏杀了她们，却没有说要如何处置带这些女人来的士兵。被拽到山谷低洼地的女人们，不停地发出刺耳的号哭声，然而片刻后，她们的声音像被沉寂的黑夜吞噬了一般，突然之间就消失了，营帐中的将士们肃然地聆听着这一切。

翌日清晨，全体汉军与许久未发动近战的敌军，展开了一场酣畅对战，最终杀死敌军三千有余。因连日来穷追不舍的游击战而受挫的士气，以及在全军中积攒已久的焦躁，骤然转变为振奋的情绪。

第二天，李陵继续率军沿着之前走过的龙城道，向南撤退。与此同时，匈奴又开始采取之前的远处围攻战术。行军至第五日时，汉军走进了不时出现在沙原地带中的沼泽地里。沼泽里的水呈半冻状态，泥泞没过了小腿，将士们走啊走啊，却始终走不到枯槁芦苇地的尽头。一队匈奴兵绕到上风口处纵火，北风吹得火势越来越旺，那些在白昼时看不分明的白色火焰，便以惊人的速度向汉军袭来。李陵见状，火速命人在附近的芦苇地里放了一把迎面火，好不容易才抵御住对面的火势。然而火袭能防，在湿地中行车的困难程度却难以言喻。在无处休息的泥泞中持续步行了一整夜后，第二天早晨，他们终于踏进丘陵地带，然而抢先抵达

的敌军主力早已埋伏在此，即刻对汉军展开了进攻。这是一场步
兵与骑兵的肉搏混战。为了避开匈奴骑兵的猛烈突袭，李陵舍弃
战车，将战场转移至山麓地带的疏林之中，从树林里向外猛射，
这一战术十分奏效。当汉军士兵朝着正巧出现在敌军最前列的单
于及其亲卫队放出连弩后，只见单于的白马高高扬起前蹄，后腿
立地，随即将身穿青袍的匈奴首领甩到了地上。此时，从单于亲
卫队中冲出两员骑兵，他们也不下马，一左一右，倏地便将单于
拽离地面，随后全队骑兵将他围在正中，迅速撤离。混战持续了
数个时辰后，顽固的敌军终于被击退。这着实是一场前所未有的
苦战，敌军遗留下来的尸体又有数千具，但汉军的战死士兵也有
近千人。

　　从当天捕获的俘虏口中，汉军掌握了部分敌情。据说，单
于震惊于汉军的难以对付，面对二十倍于己的匈奴大军竟然毫不
畏惧，还逐日向南退去，仿佛是想引他们过去，单于还怀疑，汉
军是不是在附近安排了伏兵呢？前一夜，单于将自己的想法告知
了几位将领，大家商议认为这种怀疑确实不无可能，但是，如果
单于亲自率领数万骑兵都无法消灭汉军几千人的话，实在有损匈
奴颜面，因此主战派占了多数。眼下向南四五十里之间都是山谷
地带，务必要在此范围内再次发起猛攻，全力奋战，等到进入平
地时，再发起最后一战，若到那时还不能破敌，再撤兵北上也无
妨。听过这番话后，校尉韩延年及其以下的汉军幕僚们，心中都
涌现出一丝胜利在望的希冀。

　　第二天起，匈奴军的进攻猛烈异常。这或许就是俘虏所说的
最后的猛攻。一天之内，敌军的袭击反复十余次，汉军一面不甘

示弱地反击，一面继续向南行进。三天过后，终于进入平地。匈奴骑兵的威力随之倍增，他们不顾一切地急于打败汉军，然而最终却又留下了两千亡兵，暂且撤退。如果俘虏的情报无误，匈奴军应该不会再发起追击了。尽管一个匈奴士兵的话，并不能让人完全相信，但不可否认的是，汉军幕僚们无不稍稍松了口气。

这一夜，汉军中一个叫管敢的军候逃出阵营，投降了匈奴。管敢曾是长安城中的一个恶少，昨天夜里侦察敌情时，因为疏忽大意，被军中校尉成安侯韩延年在众人面前训斥了一顿，还遭受了鞭打。为此，他才有了叛逃投敌之举。据说前几日在山谷中被处刑的那些女人中，就有他的妻子，而且他也知道汉军捕获的匈奴俘虏说过些什么。因此，当他逃入匈奴阵营，被带到单于面前时，极力主张不必惧怕伏兵，没有必要撤退，他说道："汉军没有后援，而且箭矢也使用殆尽，伤员不断增加，行军可谓困难重重。汉军的核心只有李陵将军和成安侯韩延年各自率领的八百人而已，他们分别以黄、白两色旗帜为标志，因此，明日只需派出精锐骑兵，集中火力攻击这二人即可，只要攻破他们，歼灭其他将士将易如反掌。"单于大悦，盛情款待了管敢，随即立刻取消了撤回北方的命令。

第二天，匈奴派出最精锐的骑兵，一边大声疾呼："李陵、韩延年速速投降！"一边以黄白旗帜为目标，发起猛攻。凶猛的攻势让李陵军从平地上被节节逼退至西面的山地，最终被困入远离主路的山谷之间。随后，敌军从山顶上四面射箭，一时间矢如雨下。汉军即便想抵抗，也已无箭可用。从遮虏障出发时，将士们每人带了一百支箭，眼下这五十万支箭几乎射尽。不只是箭，军中的刀枪剑戟类武器也有半数折损,当真是到了刀折矢尽的地步。即便如此,没了戟的士兵还会砍下车轮辐条做武器,军吏则手持短刀防御。山谷越往深处便越发狭窄,匈奴兵开始从四周的悬崖上往下扔大石块,比起射箭,这一招更能增加汉军的死伤人数。面对遍地尸体与石块,继续前进已绝无可能。

是夜,李陵换上窄袖短衣的便装,不许任何人跟随,独自走出了营帐。此时,月亮刚刚升至山顶,正将月光洒在谷底成堆的尸体之上。

从浚稽山撤离时,夜色还很黑,如今月色又变得这般明亮。皎洁的月光与满地的白霜,让山坡看起来如同被水浸湿一般。留在阵营中的将士们从李陵的着装上推断,他定是要独自前往敌营,伺机杀死单于,与其同归于尽。李陵许久没有回来,人人敛声屏气地观察着外边的状况。从远处山顶的敌营中,传来吹奏胡笳的声音。又过了许久,李陵终于悄无声息地掀起帷帐,回到了营中。

"无望了。"李陵冒出这样一句,随后坐了下来,又过了片刻,他自言自语道,"除了全军战死,无计可施。"

在场的人中没有一个接话。过了一会儿,一个军吏先开了口:"几年前,浞野侯赵破奴被匈奴军生擒,后来他又逃回汉朝时,武帝也并未降罪于他。由此来看,李陵将军只带五千步兵,就震慑了匈奴大军,即便眼下逃回京城,皇上仍会对您以礼相待吧……"

李陵打断了他的话:"先不必谈我个人的事,如果还有几十支箭,便足够我们摆脱包围,可现在军中连一支箭都不剩,明天天一亮，我等只能坐以待毙。不过，若是我们趁今晚突围出去，各作鸟兽散，或许还能有人逃回边塞，向皇上报告战况。我估计，我们现在所在的位置就在鞮汗山北边的山地里，距离居延还有数日路程，虽然不知道此计能否成功，但事已至此，也只剩这一条路了吧。"

诸将同意了李陵的计划。随后，李陵分给全军将士每人两升干粮、一块冰，让大家分头往遮虏障去。与此同时，营地中的几乎所有旌旗都被推倒斩断，埋入地下，武器、战车等可能会被敌人再次利用的东西，也被全部销毁。夜半时分，击鼓起兵，然而鼓声听来凄惨低沉。李陵和韩校尉一同上马，带着十几名壮士率先出发，他们打算从被困山谷的东边出口冲出去跑到平地上，之后向南而去。

月亮早已西沉。李陵军的突然行动并未引起匈奴注意，最终，全军有三分之二的将士，按照计划从山谷东边的出口突破了包围。然而，敌军的骑兵很快就追了上来。大部分步兵都被杀或被俘，只有几十个士兵趁混战抢下了敌人的胡马，策马直奔南方。李陵在夜色中望向白色沙原，确定甩掉敌人追击，向南逃去的部下已有百余人时，便再次转身冲向山谷入口的战场中去了。

此刻，李陵身上已有多处伤口，他自己的血与敌人的血，将身上的戎衣浸湿得越发沉重。跟他同时出战的韩延年已经战死，失去部下，丢了全军，李陵觉得自己再无颜面面见圣上。他又握紧战戟，再次策马闯入混战之中。然而就在敌我难分的摸黑乱斗中，李陵的马被流箭射中，突然倒向前去。仿佛就在同一瞬间，正要将手中的戟刺向前方敌人的李陵，脑后猛然遭受了一记重击，昏了过去。待他从马上跌落时，准备生擒李陵的匈奴士兵们，层层包围至他身边，一齐猛扑了上去。

<h2 style="text-align:center">二</h2>

自九月开始向北进发的五千汉军，到十一月，再次返回边塞时只剩下不足四百人的伤兵，且个个精疲力竭，更失去了将领。战败的消息即刻通过驿使，被送往长安。

意料之外的是，武帝并未发怒。毕竟连北征主力李广利大军都落得惨败，对李陵那支小队伍，自然没有理由寄予厚望。而且，武帝当初就认为李陵必定会战死沙场。不过，不久前被李陵从漠北派回，带来"战线毫无异常，全军士气旺盛"战报的使者陈步乐（作为带来喜讯的使者，他受到嘉奖，被任命为郎官，留在了京城），面对此种状况，不得不以自杀收场。尽管值得同情，但这亦是无奈之事。

天汉三年（公元前98年）春天，李陵尚未战死，而是被敌军抓获成为降虏的确切消息传到了朝廷，武帝听闻，勃然大怒。即位四十余年，武帝如今已年近六十，但他那暴烈的性情却与壮年时无异。热衷神仙传说，相信方士巫觋的武帝，曾被自己虔心信奉的方士们欺骗过数次。这位身处汉朝盛世，君临天下四十余载的皇帝，在步入中年后，始终被对于灵魂世界的担忧情绪纠缠烦扰着。正因如此，在这方面感受到的失望也给他带来了不小的打击。而这种打击，让武帝那天生豁达的心中渐渐滋长出对群臣的深重猜疑。李蔡、庄青翟、赵周这几位丞相，都相继被处以死刑。当今的丞相公孙贺在奉命拜受时，就因为害怕祸延己身而不肯受任，甚至还在皇帝面前哭了起来。自从个性刚直的汲黯离开朝廷后，围在武帝身边的人，不是佞臣，就是些酷吏。

且说武帝召集各位重臣，商议如何处置李陵。虽然李陵现在不在京中，但是罪名确定后，他的妻儿、族人及家产将遭受处罚。以酷吏著称的一位廷尉，终日窥视着武帝的脸色，他非常善于以合法手段行枉法之事，以此迎合皇帝的心意。有人曾以法律的权威性来指责他，这位廷尉却答道："前代君主认可之事，则为法；后任君主认可之事，则为令。但是除了当今君主的意志，哪儿还有法可言呢？"朝中群臣皆是他的同类，因此，丞相公孙贺、御史大夫杜周、太常赵弟以下的所有人，没有一个愿意冒着触怒武帝的风险去帮李陵辩解。他们竭力诋毁李陵的卖国行为，甚至说，一想到自己跟李陵这种变节者同朝为官，就觉得羞愧难当。这些人一致认为，李陵平时的一举一动全都值得怀疑。就连李陵的堂兄弟李敢①，倚仗太子的宠信而骄纵一事，也成了他们诽谤李陵的借口。到头来，那些沉默着不发表意见的人，反倒成了对李陵抱有最大善意的人，只不过这类人屈指可数。

在众人之中，唯有一人面带不悦地注视着这一切。他想，那些正在极力诽谤李陵的人，不正是几个月前，为他举杯壮行的人吗？漠北的使者带回来李陵军健在的消息时，称赞李陵不愧为李广之孙，孤军奋战勇气可嘉的人，不也是他们吗？这些恬不知耻

① 此处的"李敢"应为误写，李敢为李广幼子，是李陵的叔叔，颇得当时太子刘据喜爱的是李敢之子李禹。

039 ·

地装作忘却了过去的高官，以及聪慧到足以看破他们的谄媚，却仍旧不愿听信真话的武帝，真是令人难以理解。不，也并非难以理解，其实在很久以前，他就深知人性如此，但是面对眼前这些人，还是会感到不快。身为参与上朝的一员下大夫，他自然也受到了皇上的垂问，而在这个时候，他直率地赞扬了李陵一番：

"臣观李陵平素孝敬双亲，与人交往讲求诚信，为了国家奋不顾身，不惜牺牲，可谓我大汉之真国士。如今他不幸败北，圣上身边那些只顾保全自己和家中妻儿安危的佞人，就抓着他这一次失误不放，夸大歪曲事实，欲意蒙蔽圣上，实属遗憾至极。李陵此行只带领了不足五千步兵，就敢深入敌军腹地，更让数万匈奴大军疲于应对，转战千里，直至矢尽道绝之时，全军依然能拉开空弩，不畏敌军刀枪，殊死奋战。能够赢得军心，让部下们拼死战斗，古时名将恐怕也不过如此。尽管此次战败，但李陵军力战到底的气魄，必将赢得天下人称颂。臣以为，李陵没有战死沙场，而是做了匈奴俘虏，定是决心潜伏在敌军中，寻找机会报效汉朝……"

群臣大惊。任谁都不曾想过，世上竟有敢说出这番话的人。他们诚惶诚恐地仰视着太阳穴青筋直颤的武帝尊容。至于这位胆敢称他们是"全躯保妻子"之臣的人将落得何种下场，众人在暗自想象着的同时，不禁抿嘴轻轻一笑。

这个莽撞的男人——太史令司马迁从武帝面前退下后，"全躯保妻子"之臣中的一人，便立即将司马迁与李陵之间的亲密关系，耳语给了武帝。还有人说，太史令与贰师将军之间因故产生了嫌隙，此番他赞扬李陵，定是想借此机会，陷害在李陵军之前出塞却无功而返的贰师将军。总之，所有人一致认为，身为区区一介观星占卜的太史令，竟敢对圣上用这种态度说话，实在是太过傲慢无礼。最终，说来奇怪的是，司马迁竟先于李陵家族受到了处罚。翌日，他被交给廷尉，处以宫刑。

在古代中国，被实施的肉刑主要有四种，黥、劓（割鼻）、刖（砍脚）、宫。在武帝的祖父——文帝年间，其中三种刑罚被废，只有宫刑被保留了下来。所谓宫刑，顾名思义就是让男人变得不再是男人的奇怪刑罚。它也被称为腐刑，据说是因为伤口会发出腐臭的气味，也有说法称是因为被施过宫刑的男人，就像长不出果实的腐木一样。接受过宫刑的男人被称作"阉人"，宫中的大部分宦官就是这样的人。司马迁要遭受的刑罚，偏偏就是这种酷刑。在后世的我们看来，因《史记》作者的身份而为世人熟知的司马迁，是个大名鼎鼎的人物，但在当时，太史令司马迁不过是区区一介文笔小吏。他确实是个头脑清晰之人，但又因为对自己的头脑过于自信，他变得不善交际，在任何争论中都不愿认输，在他人眼中，司马迁不过是个固执傲慢的乖僻之人。由此，尽管他遭受了腐刑，却并没有人为此感到惊讶。

司马氏在周朝时就任史官，后来又入晋国，侍奉秦国，到汉朝时，第四代的司马谈则为武帝效力，在建元年间任太史令。司马谈即司马迁的父亲，除精通法律、历法、《易经》之外，他还熟悉道家教义，通晓儒、墨、法、名等诸家学说，并将其融会贯通，自成一家。司马谈对于自己头脑及意志的自信程度，完全被他的儿子司马迁所继承。他对儿子最有意义的教育，就是在教授完他诸家学说之后，让他去游历天下。尽管这在当时是一种不同寻常的教育方法，但不可否认的是，它对日后成为历史学家的司马迁裨益颇多。

元封元年（公元前110年），武帝东巡时登上泰山，举行了封禅大典。当时，司马谈不巧正因病滞留在周南，汉朝首位天子进行泰山封禅的时刻，唯有自己一人无法跟随前往，这令满腔热血的司马谈哀叹不已，心生愤懑，以致郁郁而终。司马谈毕生的夙愿就是编撰一部贯通古今的通史，但他只完成了史料收集，就不幸离世了。在《史记》的最终卷里，司马迁详细记录了父亲临终时的情景。其中写道，司马谈知道自己命不久矣时，将儿子唤至身边，握住他的手，殷切地阐释了修史的必要性，更慨叹自己身为太史令却没能着手这项工作，白白让贤君忠臣的事迹埋入地下是何其令人不甘，他甚至为此落下了眼泪。"我死之后，你定要成为太史令。等你当上太史，切不可忘记我要编撰的论著啊。"司马谈如是说道，他还说唯有继承父志才是最大的孝行。随后，当他反复叮嘱司马迁"切记切记"时，司马迁俯首流涕，立誓称绝不违背父命。

父亲死后两年，司马迁终于子承父业，成为太史令。起初，他打算利用父亲收集的资料以及宫中收藏的秘籍，尽快开始编撰父亲托付给他的史书，然而上任之后，他就被安排了修正历法的任务。埋头工作整整四年，到太初元年（公元前104年）时，他终于完成了历法的修正，随即便着手《史记》的编撰。那一年，司马迁四十二岁。

其实这本书的腹案早已完成，不过它所创造的史书形式，与自古以来的史书皆不相同。若说到展示出道义性批判标准的史书，当首推《春秋》，但是作为记录事实的史书，它却实在有些不尽如人意。司马迁认为，史书需要更多事实，比起教训，他想记录下更多事实。如果写成《左传》《国语》那样的史书，确实就有了事实要素，《左传》叙事的巧妙程度也着实令人叹服，但是，书中却缺少对于创造出那些事实的一个又一个活生生的人的探求。虽然他们在历史事件中的形象被描述得栩栩如生，但是事件发生之前的经历却鲜有提及，这一点让司马迁无法信服。

再者，自古以来的史书，都是以让当代人了解过去为着眼点，却极少有让未来的人们了解当代的著作。总而言之，司马迁追求的史书形式，在以往的史书中并不存在。但是，自己究竟是出于什么原因而不满足于以往的史书呢？关于这一点，司马迁也只有在写出自己想要的东西之后，才能弄清楚。比起对过往史书的批判，将心中那些说不分明，以及郁积已久的东西书写出来的欲望，占据着更重要的位置。确切地说，他的批判，只能通过创造出全新形式的史书这一种方式来呈现。长久以来，自己在脑海中描绘的构想，到底能否被称作历史，司马迁还没有自信予以肯定。不过，不管能否被称为历史，关于它是自己不得不写的东西（对世人，对后代，特别是对他自己而言）这一点，司马迁确信无疑。他效仿孔子，也采取了"述而不作"的方针，不过，他跟孔子"述而不作"的具体内容并不相同，毕竟在司马迁看来，单纯进行编年体式的事件列举，并非他想在"叙述"中表达的内容，而且，会妨碍后人了解史实的、过于道义性的观点，其实更适合被放在"创作"部分。

汉朝平定天下已历经五代百年，因秦始皇的焚书坑儒而从世间消失或隐匿的书籍，如今终于重新得见天日，文化兴盛的趋势正盛，当下不只是大汉朝廷，时代也正需要全新的史书形式出现。而作为司马迁个人，父亲临终嘱托时带给他的感触，伴随着他在学识、观察力、笔力上的充实，他期盼中的完美史书终于开始进入发酵阶段。他的工作进展得非常顺利，甚至顺利到令人发慌的程度。之所以这么说，是因为从开篇的《五帝本纪》到《夏本纪》《殷本纪》《周本纪》《秦本纪》为止，他还是个只期望安排好史料，确保记述准确严密的技师，但在完成始皇帝部分，开始写《项羽本纪》时起，他那技术专家般的冷静就走了样，他总是会被项羽附身，或者说是附身到项羽身上。

"项王则夜起，饮帐中。有美人名虞，常幸从；骏马名骓，常骑之。于是项王乃悲歌慷慨，自为诗曰：'力拔山兮气盖世，时不利兮骓不逝，骓不逝兮可奈何，虞兮虞兮奈若何！'歌数阕，美人和之。项王泣数行下，左右皆泣，莫能仰视……"

这么写行吗？司马迁扪心自问。这种忘我式的感性写法，真的没问题吗？对于"创作"，司马迁极其警惕，他认为应该将自己的心力全部放在"叙述"上，实际上，他也确实只叙述了事实。但他笔下的叙述方式又是何其生动！这是拥有不同寻常的视觉想象力之人才能写出来的记述。有时，因为过于害怕自己进行了"创作"，他会反复阅读写完的部分，将那些会让历史人物看起来如同现实人物一般鲜活的字句删掉。如此一来，那个人物就会停下朝气蓬勃的呼吸，他也不必再担心自己的史书中会出现"创作"成分。然而，（司马迁在想）这样的话，项羽是不是就变得不再是项羽了呢？项羽也好，始皇帝也好，楚庄王也好，所有人都变成了同一个人。将不同的人记述成同一个人，还怎能叫作"叙述"呢？所谓"叙述"，难道不应该是让不同的人，以各自不同的方式被叙述吗？如此想着，司马迁觉得自己必须将那些被删掉的文字再次复活。他将自己的叙述恢复原样，又试着读了一遍，这才终于放下心来。不单是他，被他书写进史书中的人物——项羽、樊哙、范增等，每个人都终于安下心来，回到了属于自己的位置。

武帝在心情不错的时候，确实是一位卓越而豁达的君主，也是一位颇具包容性的文化及教育保护者，而太史令这一官职需要的是质朴而特殊的能力。因此，不必担心在官场中因结党营私的谗害诬陷而地位（或生命）不保。

在过去的数年间，司马迁一直过得充实而幸福。（当时人们眼中的幸福，跟现代人对幸福的定义差异很大，但在追求幸福这一点上却并无不同。）他生性不爱妥协，走到哪儿都是开朗个性，爱高谈阔论，爱怒亦爱笑，他还尤其擅长将自己的论敌反驳到体无完肤的地步。

然而，就在这种日子持续了数年过后，突然之间，这场灾祸降临到了他身上。

昏暗的蚕室内——腐刑过后不能见风，因此受刑者会被送进这种点着火、温暖而密闭的暗室里休养数日。由于这里温暖而昏暗，跟养蚕的屋子相像，故而被命名为蚕室。陷入难以言喻的混乱状态的司马迁，茫然地倚墙而坐。比起愤怒，他此刻的情绪更多的是惊讶。斩首、赐死，这些刑罚他平时早有心理准备，他甚至想象得到自己被处死刑时的样子。当他忤逆武帝，赞扬李陵时，还曾担心过，最坏的情况下，自己或许会被赐死。然而，在众多刑罚中，他竟然遭受了这最让人不堪的宫刑！想来也是自己愚蠢（这么说是因为既然能预计到死刑，也应该预想到其他诸多刑罚），他曾想过，自己或许命中注定将因遭遇不测而死，但是像现在这般突然降临的不堪境遇，他却完全连想都不曾想过。

在他心里，时常留存着这样一种确信——每个人的身上，只会发生与其相符相称的事件。这是在长期接触史实的工作中，自然形成的观念。譬如在相同的逆境中，慷慨之士将感受到猛烈的痛苦，而软弱之徒则要体尝缓慢而阴郁丑陋的苦楚。虽然初看时，人与事似乎并不相符，但至少通过此人随后的应对方法，就能看出那种命运是多么适合那个人。司马迁一直相信自己是个大丈夫。尽管他是一介文笔小吏，却比当时任何一个武人都更像个大丈夫，对此他坚信不疑。不只是自认为如此，单就此事，就算是对他毫无好感的人，也必然会认同这一点。因此，按照他的想法，如果自己将来要受刑，也应该是车裂之刑。然而，他竟然在近天命之年，遭受了这等屈辱！此时此刻自己待在蚕室中的光景，让他感觉仿佛是在梦中一般。他真希望这只是场梦。但是，当他靠在墙上睁开眼时，在昏暗的光线中，他看见三四个毫无生气甚至连魂儿都丢了似的男人，正随意地或躺或坐在一旁。当他想到那副模样正是自己现在的样子时，不知是呜咽还是怒吼的一声喊叫，冲出了他的喉咙。

在愤慨、烦闷的那些天里，偶尔，司马迁那身为学者的习惯性思考——反省便会出现。他在思考，在这次变故中，究竟是哪件事、哪个人、哪个地方出了错呢？在讲究君臣之道的时代，司马迁最先怨恨的人，自然就是武帝。在最初的一段时间里，这种怨恨情绪甚至让他无暇顾虑其他任何事。然而，在度过了那段癫狂的时期后，身为历史学家的司马迁终于醒悟了。与儒者不同，他深知先王的功绩被历史学家低估，那么在对当今帝王武帝的评价上，他就不能因为私人恩怨而妄加论断。不管怎么说，武帝都是伟大的君主。尽管他身上也有各种各样的缺点，但只要他在位，汉朝的天下就无人能撼动。暂且不提高祖，即便是仁君文帝、名君景帝，在武帝面前都会显得渺小。只不过，伟大的人就连缺点也会被放大，这也是无可奈何之事。

即使深陷在极度的愤恨之中，司马迁也不曾忘记这一点。总之，他只能将此次受刑当成是遭遇了上天的疾风骤雨、雷霆霹雳，然而这种想法又会让他愈加陷入绝望的愤怒之中，但与此同时，这次遭遇也在指引他走向达观境界。既然不能一直怨恨武帝，这种情绪便自然而然地开始向武帝身边的佞臣们转移，作恶的是他们，毋庸置疑，只是，他们的恶是非常次要的恶。对于自视甚高的司马迁而言，那些小人并不足以成为他怨恨的对象。此外，他头一次对于"老好人"这种存在感到如此愤怒，他们比佞臣、酷吏更让人难以对付。至少从旁看着他们就会让人来气。他们满足于良心上肤浅的心安理得，甚至还想让别人也放下心，这就更不像话了。他们不会辩护，也不会反驳，不会自我反省，更不会自责。丞相公孙贺就是这种人的代表。同样是阿谀逢迎，像杜周（最近，他害得前任王卿入罪，巧妙地当上了御史大夫）那样的人，他很清楚自己在做什么，但是公孙贺那种老好人，却连这份自知自觉都没有。即便被骂成"全躯保妻子"之臣，他们恐怕也不会生气吧。这种人就连被怨恨的价值也没有。

最后，司马迁打算将心中的愤怒转移到自己身上。事实上，如果必须将怨气撒在某个对象身上的话，到头来，这个对象也只能是他自己。只是，他自己哪里做错了呢？为李陵辩解这事儿，怎么想都不算错，在辩解方法上也不算特别拙劣。只要自己还不甘于堕落为阿谀奉承之臣，这种做法就不可避免。既然如此，只要自己对此事问心无愧，不管后果如何，身为一个丈夫都应该甘愿忍受。这种想法确实没错，因此自己无论是被肢解还是被腰斩，他都做好了忍受的准备。但是，宫刑——其结果及其给身体带来的变化——却要另当别论。尽管同样是残疾，这可跟腿被割掉或鼻子被切掉完全不是一回事。这不是该给一个大丈夫施加的刑罚。单说它给身体带来的改变，不管怎么看都是丑恶的，这点不可否认。如果它只给心理造成创伤的话，随着时间的推移还有可能痊愈，但宫刑给身体带来的丑陋变化，却要至死一直跟随着自己。不管初衷如何，招致这种结果的举动，到最后注定会被评判为有错……可是错在哪儿呢？自己身上到底哪里有错？哪里都没有错。自己只做了正确的事。如果非要说有错，就只能说"我自己"这一存在本身错了。

处于虚脱状态的司马迁茫然呆坐着，突然，他跳起身来，像头受伤的野兽似的，呻吟着在昏暗温暖的蚕室里走来走去。他无意识地重复着这个动作，思路也随之在同一个地方打转，迟迟得不出结论。

除了有那么几次在神志不清时，在墙上撞得头破血流，他并未试过自我了断。他想死，如果能死该有多好，他现在经受的

048 ·

耻辱远比死亡痛苦得多，因此他完全不怕死。可他为什么没有死呢？监狱里没有能供人自杀的道具，也算原因之一，但除此之外，有些东西正在他心里阻止着他。起初，他尚未意识到那是什么，只是当他身处疯狂与愤怒中时，会像发病似的不断感受到死亡的诱惑，但与此同时，他又隐约感受到有某种东西在阻碍着他的自杀倾向。他不知道自己究竟忘了些什么，但就是觉得有什么被自己遗忘了。这就是司马迁当时的内心状态。

从狱中被放出来回到家后，司马迁一直把自己关在家里，也就是在此期间，他终于想起来自己因这一个月的疯狂状态而忘却了的毕生事业——修史，不过，虽然从表面看来他是忘了这件事，但对这项工作无意识的关心，却在不知不觉中，阻止了他的自杀。

十年前，父亲临终时在床前紧握自己的手，哭着留下的那哀伤的字字遗愿，至今仍萦绕在耳畔。但是，让痛苦不已的司马迁始终没有放弃修史工作的东西，不只有父亲的遗言，更加重要的其实是修史这项工作本身。这里所说的并非工作的魅力，对工作的热情这种令人愉悦的东西。司马迁自知修史是他的使命，但这种自知并不是舍我其谁的自信。他一直是个自我意识极强的人，但此次遭遇让他深切意识到，自己是多么微不足道。他曾因满怀的抱负而自命不凡，但到头来，他不过就像路旁被牛蹄碾碎的蝼蚁。司马迁的"自我"遭受到残酷践踏，但他对修史这项工作的意义坚信不疑。落得这般凄惨的境地，没有了自信与自负，却还要苟活在世上从事这项工作，这事儿怎么看都不会令人愉快。司马迁觉得，这大概就像世人的某种因缘宿命——不管多么讨厌彼此，都始终不会断绝关系。总之，他唯一确定的是，为了完成这项工作，他无法自我了断（这并非出于责任感，而是因为他与这项工作已经不可分离）。

持续一时的盲目的野兽呻吟般的痛苦，转变成了更清醒的人类痛苦。令人困扰的是，当司马迁确信自己无法自杀之后，唯有通过自杀才能逃避苦恼与耻辱的这一现实，就变得越发明显。身为大丈夫的太史令司马迁，在天汉三年（公元前98年）的春天死去了，从此以后，续写他那未完成的史书的人，将是一个没有直觉与意识的书写机器——司马迁只能如此深信。即便这很难做到，他也不得不这样去想。因为修史的工作必须进行下去，这是他绝对要完成的事，为了能继续修史，现实再难忍受，他都要活下去。而为了活下去，无论如何，他都必须深信自己的肉体已经死去。

五月过后，司马迁再次执笔。没有喜悦或激动，他单纯是被完成工作的意志鞭策着，如同一位拖着伤腿，奔向目的地的旅人，司马迁蹒跚地继续书写着。太史令的官职早已被免除。一段时间过后，心中略生悔意的武帝将他提拔为中书令，但是官位晋升这种事，对他来说已完全失去了意义。从前的辩论家司马迁，再也不开口了。他不笑也不怒，但他看起来绝不颓废。人们从他那沉默不语的风貌中，反倒看出了某种被恶灵附体般的骇人气势。他甚至放弃了睡眠时间，只顾埋头修史。他仿佛是急于早点完成工作，好尽快获得自杀的自由，他的家人们如此认为。

在这种凄惨的努力状态持续了一年之后，司马迁终于发现，在他失去了生之喜悦的同时，文字表达带给他的快乐却幸运地保存了下来。但是直到此时，他那彻底的沉默状态依然未被打破，他身上那种骇人的气势也并没有一丝缓和。当在修史的过程中，遇到必须写下"宦官""阉人"等字眼的时刻，他总会不由得发出呻吟。无论是在独处一室时，还是入夜后躺在床上时，只要昔日的屈辱记忆猛然重现，一种像是被火熨斗烫伤的炽热而疼痛的感觉，就会立即在他体内四处狂奔。他不由自主地跳起身，发出怪叫，呻吟着走来走去，如此持续一段时间后，他又会咬紧牙关，努力让自己恢复平静。

三

当在混战中昏厥的李陵，在点着兽油灯、烧着牛粪的单于毡帐中醒来时，他瞬间下定了决心。是自刎免于受辱，还是暂且顺从敌人，之后再伺机逃走——带着足以补偿战败的功绩，李陵的路只有这两条，而他下定决心选择了后者。

单于亲手为李陵松绑，又给予他盛情款待。这位且鞮侯单于是上一任呴犁湖单于的弟弟，是位身形魁梧、巨眼赤髯、正值壮年的男子。他坦言，自己曾跟随数代单于与汉军对战，却从未遇到过李陵这样的强敌，他还提及李陵的祖父李广的大名，以此称赞李陵的英勇善战。能够射石搏虎的飞将军李广之骁名，至今仍在胡地广为流传。李陵之所以会受到厚待，正因为他是强者的子孙，而且他自己也是个强者。依照匈奴的风俗，在分配食物时，强者可以优先享有美食，而老弱之人只能分到剩下的食物。在这里，强者绝不会受辱。为此，单于赐给降将李陵一座毡帐和数十位侍者，以宾客之礼对他厚待有加。

就这样，李陵的奇异生活开始了。他住的是毡帐，吃的是羊肉，喝的是酪浆、兽乳、奶酒，穿的则是由狼皮、羊皮和熊皮拼制而成的旃裘。他的生活中除了畜牧、狩猎和寇掠，再无其他事项。在一望无际的高原上，以河流、湖泊和群山为自然边界线，单于直辖领地之外的土地，都被分配给了左贤王、右贤王、左谷蠡王、右谷蠡王及其下的诸位王侯。牧民只能在各自所在的领地范围内迁徙。这是个没有城郭，也没有田地的国度，虽然有村落，却会随着季节更替，逐水草而变换位置。

李陵没有分得土地，而是与单于麾下的诸位将领一起，跟随在单于身边。他一直在等待能砍下单于首级的时机，然而机会却没有那么容易降临。即便他能成功杀死单于，要想带着单于的头颅逃走，若没有天赐良机，就绝无可能。如果单于在匈奴的土地上被刺杀，他们必定会在名誉受损之前将单于下葬，这种消息也多半不会传到汉朝去。李陵只能耐下心来，等待着这个不可能的机会的到来。

除李陵之外，单于的部下中还有几个投降的汉人，其中一人名叫卫律，他并非武将，却被封为丁灵王，最受单于重用。卫律的父亲是胡人，他却在长安出生长大，还曾侍奉过武帝，几年前，因为害怕被协律都尉李延年的事情牵累，便逃回到匈奴来[1]。卫律的身上到底是流着胡人的血，他很快就适应了这里的生活，

---

[1] 卫律与协律都尉李延年关系亲密，还曾受李延年举荐出使匈奴，但在使团返回时，恰逢汉朝诛灭李延年家族，卫律害怕受到牵连，便逃出汉朝投降了匈奴。

又因才能过人，常常去且鞮侯单于的帷幄之中参与各项计划的制订。李陵几乎没有跟卫律，以及其他投降匈奴的汉人说过话。因为他觉得那些人中，没有能与他共商计策之人。而且，那些汉人之间的关系似乎也有些尴尬，彼此之间并没有亲密交往。

一次，单于请李陵来帮忙做战略指导。由于敌方是东胡，李陵便爽快地发表了自己的意见。当单于再次邀请他共商战略时，这一次的作战对象却变成了汉军。李陵当即面露不悦，一言不发，单于见状倒也并没有强求他。又过了许久，单于命李陵率军南下，去劫掠代郡、上郡。这一次，李陵明确表示绝不会与汉朝对战，断然拒绝了单于。此后，单于再也没有对他提出过这种要求，而对他的待遇也未曾改变，这并不是因为对他还抱有其他利用的目的，而是单纯地在礼遇贤士。总之，李陵深感单于是个大丈夫。

单于的长子左贤王，不知为何开始向李陵表示好意。更准确地说，应该是表示出敬意。左贤王刚刚年过二十，是个粗野又勇气十足的诚实青年。他对于强者的赞美，总是纯粹而强烈。他初次来见李陵时，只对他说了句"教我骑射吧"。话虽如此，他骑马的技术可并不亚于李陵，特别是驾驭裸马的技术更是远在李陵之上，因此李陵只教他射箭。左贤王成了李陵的热心弟子，当李陵讲起祖父李广那出神入化的射术时，这位蛮族青年总会目光炯炯地专心聆听。他们俩常结伴去狩猎，身边只带数位随从，这二人在旷野上纵横驰骋，射猎狐狸、狼、羚羊、鹰和野鸡等。一次临近黄昏时，箭快用尽的二人——他们俩的马跑得远远超出了同行的随从——被一群狼包围了起来。他们策马全速冲出了狼群，但与此同时，一匹狼猛地扑到李陵的马屁股上，跑在后边的左贤王立即挥起弯刀，利落地将那匹狼拦腰斩断。事后检查时才发现，他们俩的马身上尽是被狼撕咬的伤口，鲜血直流。那天夜里，当这二人在毡帐中，将一天的猎物扔进汤里，呼呼地吹着热气，喝着热汤时，李陵从被火光照亮脸庞的年轻的匈奴单于之子身上，突然感受到某种近乎友情的情感。

天汉三年（公元前98年）秋，匈奴再犯雁门。翌年，为征讨匈奴，汉朝命贰师将军李广利率六万骑兵、七万步兵出朔方，强弩都尉路博德则率领一万步兵，协助大军。此外，又有因杅将军公孙敖率骑兵一万、步兵三万出雁门；游击将军韩说率步兵三万从五原出发。这是一次近年少有的大规模北伐。单于得到消息后，即刻将妇女、老幼，以及畜群、财产全部转移至余吾水（今蒙古国鄂尔浑河支流土拉河）以北，随后亲自率领十万精锐骑兵，前往余吾水南岸的大草原，迎战李广利、路博德。对战持续了十余日后，汉军终于无奈撤兵。拜李陵为师的年轻左贤王，则另率一队人马奔赴东方，迎击因杅将军公孙敖，最终完胜而归。汉军左翼的韩说军，见战局不利，便也收兵撤退。就此，此次北征彻底失败。李陵依旧没有出现在对汉作战的前线，他撤退至余吾水北岸，却暗自惦记着左贤王的战绩，当他意识到自己有这种想法时，只觉得惊讶不已。从全局上来说，他自然是期盼汉军胜利，匈奴战败，但他似乎唯独不希望左贤王打败仗。李陵注意到自己的这种心思，强烈地自责起来。

当被左贤王打败的公孙敖回到京城时，由于士兵死伤众多，又没有立下战功，便被关入牢中。但这时候，他却做出了奇怪的辩解，他说听敌军的俘虏说，匈奴军之所以强悍，都是因为汉朝投降的李将军常常帮他们练兵，又向单于传授军略，以防备汉军。尽管这并不能成为他战败的托词，他的罪也无法赦免，但是听说此事的武帝，因李陵而勃然大怒。一度被获准回家的李陵家属再次被关进狱中，这一次，上至李陵的老母，下至李陵的妻儿、弟弟，均被赐死。世态炎凉，人情淡薄，据说当时陇西（李陵家为陇西出身）的士大夫们，都以李陵出身于此为耻。

半年后，当李陵从一个自边境被带回来的汉兵口中听闻此事时，他即刻站起身，抓住那男人的前襟，粗暴地摇晃着对方的身体，想再一次确认事情的真伪。当知道确有此事后，他咬紧牙关，不由得将全身气力灌注到双手上。被李陵抓住的汉兵挣扎着，发出痛苦的呻吟声，原来李陵竟然在无意识之间，将双手扼住了那人的咽喉。待李陵一松开手，那人便突然倒在地上。李陵连看都没再看他一眼，冲向了毡帐之外。

他在旷野上走了很久。强烈的愤怒在他的脑海中打转，一想到自己那年迈的母亲和年幼的孩子，他的心就像被放在火上烤一样，但他一滴泪都没有流，想来是这过于强烈的愤怒，早已将他的泪水烤干了吧。

不单是这件事，至今为止，汉朝廷都是怎么对待我们家的？李陵想起了祖父李广临终时的境遇。（李陵的父亲李当户，在他出生前数月逝世，李陵就是所谓的遗腹子。因此到少年时代为止，一直负责教育、锻炼他的人，就是这位大名鼎鼎的祖父。）名将李广在数次北征中立下大功，却因皇帝身边佞臣的阻挠，没能获得一丁点奖赏。他的部下接连被封爵封侯，唯有这位廉洁的将军别说是封侯了，从始至终都只能过着清贫的生活。到最后，他跟大将军卫青之间起了冲突。尽管卫青体恤这位老将，但他幕下的一个军吏却狐假虎威，羞辱了李广。被激怒的老名将，随即当场就在阵营中拔刀自刎了。直到现在，李陵都清晰记得尚是少年的自己在听到祖父的死讯时，放声大哭的场景。

李陵的叔叔（李广的次子）李敢的结局又如何呢？他因将军父亲的惨死而对卫青心生怨恨，亲自前往大将军府邸，打伤了卫青。大将军卫青的外甥骠骑将军霍去病听闻后愤慨不已，后来便趁着去甘泉宫狩猎时，将李敢射杀。武帝知道此事后，为了袒护骠骑将军，竟让人对外宣布李敢是因为撞到鹿角上而死的。

与司马迁不同，李陵的遭遇没有那么复杂，此刻的他，心里只有愤怒（除了后悔自己没能早点实施之前的计划——带着单于的首级逃出胡地）。唯一令人不解的是，这件事到底是如何发生的。他回想起刚才那个男人所说的"圣上听说李将军在帮匈奴练兵，防御汉军之后大发雷霆"，终于猜到了原因。李陵自己当然没有帮匈奴练过兵，但汉朝的降将中，还有个叫李绪的人。此人本是驻守在奚侯城的塞外都尉，自从投降匈奴后就经常给匈奴军传授军略，并帮忙练兵。半年前，他还跟随单于，同汉军（并非之前的公孙敖军）对战。李陵猜想，同为李将军，别人定是将他跟李绪弄混了。

当晚，李陵独自前往李绪帐中，他没说一句话，也没等对方说一句话，便将李绪一刀刺死。

第二天早晨，李陵来到单于面前，坦白了昨晚的事。

单于对他说不必担心，只是其母大阏氏那儿会稍有些麻烦。之所以这样说，是因为单于的母亲尽管年事已高，却跟李绪保持着不甚光彩的关系，而单于也知道此事。根据匈奴的风俗，父亲死后，长子要直接继承亡父的妻妾，将她们当成自己的妻妾，不过生母会被排除在外。看来即便是在极度讲求男尊女卑的匈奴社会，也保留着对生身母亲的尊敬。

"你先去北边躲一躲吧，等这事儿风头过去了，我再派人去接你。"单于补充道。

李陵遵照单于的吩咐，带着侍者们暂时躲进西北边的兜衔山（额林达班岭）下去了。

不久后，大阏氏病逝，单于将李陵召回，此时的他，看起来仿佛完全变了个人。从前绝不会参与对汉军略制定的李陵，如今却主动提出要一起商议战略。单于见此变化大悦，当即立李陵为右校王，并将自己的一个女儿赐给了他。单于之前就曾提议让自己的女儿嫁给李陵为妻，但一直被李陵拒绝，而此次他毫不犹豫地就答应了。当时恰好有一支队伍要往南去酒泉、张掖一带劫掠，李陵便主动请命要随军出行。然而，当他们向西南行进，碰巧路过浚稽山时，李陵的心情到底是沉重了起来。他回想起曾在这片土地上追随自己战死的部下，又踏过埋着他们的尸骨，渗入他们鲜血的沙地，再想到自己时至今日的境遇，便失去了继续南行，与汉军为敌的勇气。最终，李陵只得称病，独自骑马返回了北方。

翌年，太始元年（公元前96年），且鞮侯单于逝世，与李陵关系亲近的左贤王继位，成为狐鹿姑单于。

直到此时，身为匈奴右校王的李陵，心中依然很混乱。虽然母亲妻儿全家被杀的怨恨已深入骨髓，但上一次的经历，又让他确信自己无法亲自率兵去与汉军为敌。他曾发誓再也不会踏上大汉的土地，跟新任单于之间也有着深厚的友情，但若说到自己能否适应匈奴风俗，终生在此安身立命，他却还是没有自信。向来不喜欢深虑的李陵，每当心情焦躁时，总会独自骑上骏马，在旷野上飞奔。一碧如洗的秋日晴空之下，马蹄声"嗒嗒"，李陵在草原、丘陵上，发狂似的驰骋。等到飞奔过数十里地，马和人都终于疲倦了时，他就会在高原上找一条小河，跳下马来，让马喝喝水，自己则仰面躺在草地上，感受着畅快的疲惫，出神地望着蓝天的那份纯净、高远、广阔。"啊，我本天地间的一粒小小尘埃，何必分什么汉人胡人哪。"——时而，李陵心里会这样想。休息片刻后，他再次跨上马，无所顾忌地策马狂奔。骑过一整日，直到余晖浸染上黄云，他才终于回到营帐里。只有疲惫是他唯一的救赎。

有人告诉李陵司马迁为他辩解而获罪的事。不过，李陵并不觉得感激，也没有心生怜悯。他跟司马迁彼此认识，也曾有过寒暄，但算不上有交情。倒不如说，他印象中的司马迁，只是个非常好争辩的烦人角色。而且现在的李陵无暇去感受他人的不幸，光是跟自己一个人的痛苦斗争，他就已经拼尽了全力。虽然他并不觉得司马迁是多管闲事，但也确实没有觉得特别抱歉。

李陵渐渐开始明白，那些初看时都很粗野而无用的匈奴风俗，若是以当地实际的风土、气候等条件作为背景来看，其实并不粗野，也并非不合道理。如果不穿厚皮革制成的胡服，就抗不过朔北的冬天；如果不吃肉，就无法储存能抵抗胡地严寒的体力；如果从他们的生活形态来看，不建造固定的房屋也是一种必然选择，因此贸然贬低他们低人一等是非常不恰当的行为。若想在胡地的自然环境中，始终贯彻汉人的风俗，将会连一天都活不下去。

李陵还记得上一代且鞮侯单于曾说过的话——

"汉人总喜欢自称礼仪之邦，却诽谤匈奴人的行为如同禽兽。可汉人所谓的礼仪又是什么呢？不就是只会将丑陋事物的表面装饰漂亮的虚饰说辞吗？在嫉贤好利方面，汉人和胡人，哪个更甚呢？在贪财好色方面，又是哪边更甚？如果剥去外表，两边的本质应该并无差别，只不过汉人懂得如何遮掩修饰，而我们不懂罢了。"

当单于以汉朝史上骨肉相残的内乱，对功臣们的排挤陷害为例，说出这番话时，李陵几乎无话反驳。事实上，身为武将的他，从前也对那些烦琐的礼仪，再三生出过疑问。他觉得其实在很多情况下，胡人风俗中粗野的坦率，要比汉人隐藏在美名之下的阴险令人舒服得多。李陵渐渐发觉，固执地认为汉人的风俗高雅，胡人的风俗就低贱，这实属汉人的偏见。比如，他一直毫无理由地深信每个人都必须有"名"和"字"，但仔细想想，却又找不到"字"必不可少的理由。

李陵的妻子是个非常温顺的女人。到现在她在自己丈夫面前，还会表现得畏缩胆怯，不敢开口。不过，她跟李陵生的儿子倒是一点也不怕父亲，还会摇摇晃晃地爬上他的膝头。注视着儿子的脸，李陵总会忽然想起几年前留在长安——最终跟母亲及祖母一起被杀——的孩子的面容，不由得黯然神伤。

就在李陵投降匈奴的一年之前，汉朝的中郎将苏武被扣留在胡地。

苏武原本是作为和平使节，为了交换俘虏而被派遣至匈奴之地。然而，他身边的一位副使恰好参与了匈奴的内部纷争，导致所有汉使被捕。虽然单于并不打算杀了他们，却以死胁迫他们投降。只有苏武一人始终不肯投降，为了免于受辱，他甚至拔剑刺入胸膛。据《汉书》记载，当时匈奴的医生对昏倒的苏武采取了非常奇特的治疗方法，他们在地上挖了个坑，在坑中点起火，又将苏武放在坑上，踩踏他的背部，以便让瘀血流出。正是靠了这种粗暴的治疗，险遭不幸的苏武在昏迷了半天之后，终于恢复了呼吸。且鞮侯单于由此十分钦佩苏武，等到数十日后，苏武的身体恢复时，他又派出近臣卫律，热情地说服苏武投降。然而，卫律被苏武一顿痛骂，他备感羞辱，只能作罢。至于后来苏武被囚禁在地窖里，只能以毡毛混合着雪为食来抵御饥饿，以及他被迁至北海（贝加尔湖）边的无人之境，被要求放牧公羊，直到公羊生出小羊才能归汉的那些事迹，已然跟他持节十九年的名声一样闻名于世，这里便不再赘述。总之，当李陵终于逼自己下定决心，要在胡地度过苦闷的余生时，苏武早已在北海边独自度过了很长时间的牧羊生活。

对李陵而言，苏武是有二十年交情的老友，他们还曾一起担任过侍中。尽管苏武身上有固执、不谙世故的一面，但他无疑是

060 ·

一位不可多得的硬汉。天汉元年（公元前100年），苏武启程北行后不久，他的老母亲就病逝了，李陵曾一路送葬至阳陵。后来，就在李陵即将启程北征时，他还听到有传闻说，苏武的妻子得知丈夫归汉无望后，便改嫁了他人。当时，李陵还因其轻薄之举，而为苏武这个老友愤愤不平。

然而，李陵不曾料到自己会投降匈奴，在投降之后，他再也不愿见到苏武。苏武被迁至遥远的北方，两人不必碰面，这反倒让他感到庆幸。特别是在得知家人全被赐死，又彻底断了归汉的念头之后，他越发不想见到那位"持汉节的牧羊人"了。

狐鹿姑单于继位数年后，一度出现了苏武生死不明的传闻。狐鹿姑单于由此回想起这位始终没有降服于父亲的不屈的汉使，为了确认苏武平安与否，他派李陵去探明情况，并说如果苏武健在就再次劝其投降。单于之所以如此安排，都是因为听说李陵是苏武的朋友。无奈之下，李陵只能北上。

沿着姑且水逆流而上，抵达其与郅居水的交汇处后，再朝西北方向穿过森林地带。在积雪随处可见的河岸边行进了数日后，北海湛蓝的水面终于出现在森林与旷野的尽头。随后，一位当地的丁灵族向导带着李陵一行，来到了一座简陋的小木屋前。小屋里的居民被久违的人声吓了一跳，手持弓箭跑了出来，只见来人从头到脚裹着毛皮，胡须蓬乱，身形似熊，俨然一位山中野人，当李陵从他脸上，看出昔日那位栘中厩监①苏子卿的影子时，苏武

---

① 栘中是西汉官苑栘园中马厩之名，设监以领其事，苏武曾任此职。

却还迟迟没有发现，面前这位身着胡服的大官，正是从前的骑都尉李少卿。毕竟，苏武从未听闻李陵正在为匈奴效力。

李陵心中涌起的感动，瞬间胜过了他至今不愿与苏武碰面的心情。见面之初，这两人几乎什么都没能说出口。

李陵的随从们在周围搭起了几座毡帐，无人之境霎时热闹了起来。李陵即刻命人将准备好的酒食搬进苏武的小屋，入夜后，这里难得出现的欢笑声，甚至让森林里的鸟兽们也受到了惊吓。李陵在此一连逗留了数日。

要将自己从北征到穿上胡服的经历全都讲出来，着实痛苦，不过，李陵不带丝毫辩解地将事实全盘托出。而苏武若无其事讲起的这数年间的生活，尽是凄惨之事。几年前，匈奴的於轩王来北海打猎时碰巧经过这里，他同情苏武，便开始为他供给衣服、食物，三年后，於轩王逝世，苏武就只能从冰冻的大地里掘出野鼠，以抵御饥饿。至于他生死不明的传闻，不过是讹传，事实上是他养的牛羊被剽盗一头不落地全抢光了。李陵只将苏武母亲去世的消息告诉了他，至于他妻子抛弃孩子，嫁入别家的事，终究没能说出口。

李陵不明白，苏武以什么为目标而活着呢？事到如今，他还盼望能回到汉朝的土地吗？从语气上推测，他似乎已经对此不抱希望了。那么，他又是为了什么而忍受现在这种凄惨的生活呢？只要向单于提出投降，他定能得到重用，但李陵也知道，苏武并不会那样做。他不解的是，苏武没有早早自我了断，其用意何在？他自己没有亲手结束这毫无希望的生活，是因为不知不觉间已经在这片土地扎下了根，他要顾念许多情感情义，而且即便他现在死了，也算不得为大汉尽忠。但苏武的情况不同，他在这片土地上没有牵绊。若从对汉朝的忠贞上来考虑，他一直拿着符节，在旷野上忍饥挨饿，和他立即烧毁符节，然后自刎，这两者之间似乎并无差异。当初被捕时立即自刺的苏武，不可能到现在又突然开始怕死。

李陵再次回忆起苏武年轻时的那份执拗——一种近乎滑稽的、固执的逞强。单于曾尝试用荣华富贵做饵，诱惑陷入极度穷困境地的苏武，如果苏武上钩了，那自然说明他败给了单于，但若是他不堪忍受苦难，自杀了的话，同样是输给了单于（或者说是借此被象征的命运），苏武是不是这样想的呢？看着像是在同命运斗气的苏武，李陵却并不觉得他可笑或可怜。如果说对难以想象的艰苦、贫乏、严寒、孤独的生活（且将一直持续到死为止）能够坦然地付之一笑也叫作固执的话，那么这种固执，实在称得上是惊人而悲壮。看着苏武昔日那略显幼稚的逞强，成长为如今如此了不起的隐忍，李陵惊叹不已。而且，他并没有期待自己的行为能被传回大汉。且不说能被再次接回汉朝的奢望，他甚至不期待有人能把自己正在无人之境跟艰苦生活抗争的现状传达给匈奴的单于。在生命中的最后一天，他的身边定然无人照料，只能孤独地迎来死亡，当他回顾一生，将为自己至死都能对命运付之一笑而心满意足地死去，哪怕没有一个人知道他的事迹也无妨。

当初，李陵打算拿下上一任单于的首级时，又害怕即便目标达成，也没法成功逃出胡地，那样一来，他的壮举将失去意义，也不会被传回汉朝，正因如此，他始终没能找到行动的机会。此刻，面对从不担心自己的行为是否为人所知的苏武，李陵暗自流下了冷汗。

两三天后，当最初的感动消散，李陵的心里仍然不可遏制地有所介怀。不管他跟苏武聊起什么，都会将自己的过去与苏武的过去一一做出对比。苏武是忠义之士，自己是卖国奴——尽管他没有下这么明确的判断，但面对苏武多年间在森林、旷野、湖水的沉默中练就的严肃态度，唯一能为自己投降行为辩解的那些苦恼之事，仿佛在一瞬之间变得一钱不值。而且，不知是不是自己多心，随着日子一天天过去，李陵总觉得苏武对待自己的态度中，有一种富人在穷人面前，明白自己处于优越地位，故而宽待于人的姿态。虽然他也说不清这种感觉从何而来，但就是不明缘由地忽然有了这种想法。衣衫褴褛的苏武眼中不时浮现出的那一丝怜悯，让身穿奢华貂裘的右校王李陵惶恐不已。

滞留了十天后，李陵告别老友，悄然回到南边去了。离开之前，他在那座林间小木屋里留下了充足的食物和衣服。

至于单于嘱咐的劝降一事，李陵到底是没能说出口。毕竟，不必多问，他对苏武的答案也心知肚明，因此他现在不必再说出那些话来让苏武，也让自己蒙受屈辱。

回到南边后，苏武的身影总在李陵的脑海中挥之不去。李陵觉得，如今告别了苏武，他的身影反倒越发严肃地屹立在自己眼前。

李陵并不觉得自己投降匈奴的行为是对的，但若是考虑到自己对故国的付出，以及故国对自己的回报，再无情的批判者，想必都会认可他这"不得已"的选择。然而，现在有这样一个男

人，即便是他人眼中再"不得已"之事，他也绝不允许自己产生
这种"不得已"的想法。

饥饿、贫穷、孤独之苦，祖国对自己的冷漠态度，以及自己
的苦守节操，这些经历恐怕至死都不会被任何人知晓，然而对这
个男人而言，这些几近确定无疑的事实，却并不是能让他改变平
生气节的"不得已"之事。

对李陵而言，苏武的存在是一种崇高的训诫，也是一个令人
焦躁的噩梦。偶尔，李陵会派人去探望苏武以确认其是否平安，
并送去食物、牛羊、绒毡。想去见苏武的心情与想避开苏武的心
情，常常在李陵的心中争斗着。

数年后，李陵再次造访了北海边的那座小木屋。在前往北海
的途中，他遇见了戍守在云中北部的卫兵，听他们说，近来在汉
朝边境，太守以下的官吏与庶民都身穿白衣。如果所有人都穿着
白色衣服，那定是在为天子服丧，李陵由此得知武帝驾崩。当他
抵达北海边，将此事告知苏武后，苏武面朝南方，放声大哭。他
持续恸哭了数日，甚至哭到吐血的地步。看着苏武的那副模样，
李陵的心情也渐渐沉重起来。他自然不怀疑苏武恸哭的真挚，那
种纯粹而激烈的悲叹也令他动容，但他现在一滴泪都流不出来。
虽然苏武并不像李陵那样满门被杀，但他的哥哥因为在皇上的出
行队列中，惹出一点小小的交通事故，他的弟弟因为没有抓到某
个罪犯，就都引咎自尽了。不管怎么看，他们一家都算不上是被
汉朝厚待。在知道那些往事的同时，眼下又看着苏武那认真的恸
哭模样，李陵终于发现，在苏武从前那种看似只是强烈固执的深

处，其实充满了他对汉朝国土难以言喻的、清冽而纯粹的热爱之情（这并不是"道义"或"节操"等外部强加的情感，而是一种无法抑制，会不断涌出的至为恳切而自然的爱意）。

面对横亘在自己与朋友之间的根本性差别，即便不情愿，李陵也不禁对自己开始产生怀疑。

当李陵从苏武那儿回到南边时，汉朝来的使者恰好也到了。他们带来了武帝驾崩、昭帝即位的消息，同时也是作为跟匈奴缔结友好关系——总是持续不到一年的友好关系——的和平使节而来。出人意料的是，被派来的三位使节中，竟然有一位是李陵的故人，同为陇西出身的任立政。

这一年的二月，武帝驾崩，随后年仅八岁的太子刘弗陵继位，遵照武帝遗诏，侍中奉车都尉霍光被指定为大司马、大将军，辅佐朝政。霍光从前与李陵交好，此外，共同参与辅政的左将军上官桀，也是李陵的老友。他们二人商量着要将李陵召回汉朝，此次专程选择李陵昔日的友人作为使节，就是出于这一原因。

单于跟使者谈完公事之后，便开始设盛宴款待他们。在这种场合，通常都是由卫律负责招待，由于这一次的来人是李陵的朋友，所以他也被拉着出席了酒宴。任立政虽然见到了李陵，但匈奴的大官们都在场，他也没法直接跟李陵提起归汉之事。任立政隔过座席望着李陵，用目光向他示意，还多次抚摸起自己的刀环，想暗示李陵可以回汉朝去。李陵看到了任立政的举动，也大抵察觉出他的用意，但不知道自己该以什么举止做出回应。

正式宴席结束后，只有李陵和卫律留了下来，继续以牛酒和博戏①招待汉使。趁这个时候，任立政对李陵说："汉朝现在大赦天下，施行仁政，万民安乐。新帝尚且年幼，正由你的故交霍子孟、上官少叔辅政，主持国事。"

任立政认为卫律已经彻底变成了胡人——事实的确如此——因此不敢当着他的面，直接劝李陵归汉，他只能提起霍光和上官桀的名字，打算以此让李陵动心。李陵沉默着，没有回答。他注视了任立政许久，又抚摸起自己的头发，他现在所留的椎结，早已不是中原的发式。片刻后，卫律离席更衣，任立政这才用毫无隔阂的声调唤起了李陵的字："少卿啊，这么多年你受苦了，霍子孟、上官少叔都托我向你问好。"

仿佛是要给李陵回问那二人可好的冷淡语气增加点压力似的，任立政又说道："少卿啊，回来吧。富贵你又何必担心，什么都别说，回故乡去吧。"

刚从苏武那里回来的李陵，并非没有被老友这些诚挚的话语打动。但是，他其实无须多虑，归汉早已是不可能之事。

"回去容易。只是，那会让我再次受辱吧？如何……"话说到一半，卫律回来了，李陵、任立政二人闭口不再谈此事。

宴会结束，分别之际，任立政若无其事地靠向李陵身边，再次低声问道："可有归汉之意？"

李陵摇摇头，答道："大丈夫不可二次受辱。"

他的回答毫无气力，但并不是因为怕被卫律听到才如此。

---

① 中国古代民间的一种赌输赢的游戏。

　　五年后，昭帝始元六年（公元前81年）的夏天，原本将不为
人知地在北方贫苦终老的苏武，偶然获得了归汉的机会。至于那
个汉朝天子在上林苑里射猎到的大雁脚上，绑着苏武写的帛书的
知名故事，自然只是为了反驳坚称苏武已死的单于而编造出来的
谎话。事实上，是十九年前跟随苏武来到胡地的常惠，将苏武的
生存现状告知了汉使，并指点他们借这个故事来救出苏武。那之
后，汉使即刻奔赴北海，将苏武带回到单于面前。

　　这件事到底让李陵的内心动摇了。其实，不管能否重回汉
朝，苏武的伟大都不会改变，因此，他给李陵的心灵带来的鞭笞
也不会改变，但是，李陵现在觉得老天果然有眼，这让他颇受打
击。他原以为老天爷看不见，但事实并非如此，李陵心中肃然，
他感到非常恐惧。他至今也没觉得自己过去做错了什么，但是眼
前的这个苏武，却堂堂正正地让他为自己那合情合理的过去感到
羞耻，而且，苏武的事迹如今已赢得天下人颂扬，这一事实不可
遏制地震撼着李陵的内心。他恐惧万分，生怕此时此刻这种百爪
挠心般的懦弱情绪，是他对苏武生出的羡慕。

　　离别之际，李陵为朋友设宴饯行。他想说的话有很多，但到
最后，都变成了对自己当初投降匈奴时的那份志向何在的诘问。
然而，在他的志向实现之前，身在故国的家人全被赐死，他也因
此失去了回去的理由。如果再次说起这些，对话只会变成他一个
人的抱怨，因此李陵对自己的事只字未提。不过，当宴会进入高
潮时，他禁不住站起身，边舞边唱了起来——

　　　　径万里兮度沙幕，

为君将兮奋匈奴。

路穷绝兮矢刃摧，

士众灭兮名已隤。

老母已死，虽欲报恩将安归？

他唱着唱着，声音颤抖，泪流满面。他在心里自责着"太没出息了"，却依然无法抑制。

时隔十九年，苏武终于回到了祖国。

那次刑罚之后，司马迁一直在孜孜不倦地编撰史书。

他放弃了此世的人生，选择只以书中人物的一生活下去。在现实生活中，他不再开口，而是借鲁仲连之舌，开始进行激烈的唇枪舌剑的交锋；又或者变身为伍子胥，让家人在死后剜出他的双眼；变身为蔺相如，斥责秦王；变身为燕太子丹，挥泪送别荆轲。当他叙述起楚国屈原之积愤，并长篇引用屈原投身汨罗江之前写下的《怀沙》时，他总觉得这篇赋就像是他自己的作品。

史书写至第十四年，遭受腐刑后第八年，即京城出现巫蛊之祸、戾太子事件发生时，这部父子相传的著作，已按照最初构想的通史形式大致完稿。之后的增补、删改与推敲又花费了数年。最终，就在武帝即将驾崩之际，共计一百三十卷，五十二万六千五百字的《史记》全书，终于完成了。

当司马迁写完第七十篇列传《太史公自序》的最后一个字时，他靠向桌前，茫然自失，一声叹息自他的腹部深处，长长地叹了出来。他将目光转向庭前茂盛的槐树上，望了许久，但他其实什么都没在看。发着呆的他，耳朵里仿佛听到了一只蝉的叫声，正从庭院里的不知什么地方传来。此时他本该是高兴的，但是茫然若失的隐约的寂寥与不安，却先占据了他的内心。

之后，他将完成的著作上交朝廷，又去父亲墓前报告了此事，在此期间，司马迁还始终保持着精神紧张的状态，但当这一切结束后，他却突然陷入极度的怅然若失。就像附体神灵离去之后的巫师，司马迁的身心变得疲惫而消沉，刚刚年过花甲的他，仿佛突然间苍老了十岁。武帝驾崩也好，昭帝即位也好，对于曾经的太史令司马迁的这具躯壳而言，早已失去了任何意义。

前文中提到的任立政前往胡地拜访李陵，并再次回到汉朝的时候，司马迁早已离开人世。

关于李陵在送别苏武之后的经历，除了元平元年（公元前74年）在胡地逝世之外，就再没有任何一项确凿的记录可循。

在那之前，与他关系交好的狐鹿姑单于早早去世，其子壶衍鞮单于继位，然而在继位问题上，左贤王、右谷蠡王掀起内乱，与阏氏、卫律等人对抗，不难想象，李陵也被迫卷入到这场内部斗争之中。

据《汉书·匈奴传》记载，李陵在胡地所生的儿子，后来拥立乌籍都尉为乌籍单于，与呼韩邪单于对抗，最终落败。那是发生在宣帝五凤二年（公元前56年）的事，正是李陵逝世后的第十八年。书中只记载其人为李陵之子，却并未记录下他的名字。

悟净出世

　　寒蝉鸣败柳，大火向西流。入秋时分，三藏带着两位徒弟，满怀不安地闯过艰难险阻，脚步匆匆一路向西，突然，只见一道大水狂澜，河中浑波涌浪，放眼望去，竟不知宽阔几许。站在岸边向上游望去，只见不远处立着一块石碑，上刻"流沙河"三个篆字，又有小楷写就的四行诗句云——

　　　　八百流沙界，
　　　　三千弱水深。
　　　　鹅毛飘不起，
　　　　芦花定底沉。

——《西游记》

一

　　那个时候，栖息在流沙河底的妖怪约有一万三千个，其中唯有他一人脆弱而敏感。他说自己曾吃过九个和尚，报应是这九个人的头骨至今一直挂在他脖子上摘不下来，然而其他妖怪都说看不到那些头骨。

"看不见。那是你的幻觉吧。"

每当有人这样说，他就会用难以置信的眼神看向对方，随后露出满脸悲戚，沉浸到自己为何跟别人如此不同的疑惑中去。其他妖怪议论道："别说和尚了，他就连普通的人类都没吃过吧，毕竟咱们都没见过呀，倒是见他吃过鲫鱼、小杂鱼什么的。"

他们还给他起了个绰号——独言悟净。由于他时常感到不安，并经受着悔恨的折磨，他在心底反复回味起的那些悲伤的自责，不知不觉间就变成了自言自语。当从远处看去，只有小水泡从他嘴里冒出来时，其实正是他在低声嘟囔，譬如"我真蠢"，抑或"我为什么是这样的呢"，又或是"我完了"，偶尔他还会说"我是堕天使"。

当时，不只是妖怪，人们认为世间所有生灵都有前世。悟净原是上界灵霄殿中的卷帘大将，这在流沙河底人尽皆知。因此，对此事颇为怀疑的悟净，也不得不装出一副相信的样子。然而事实上，在所有妖怪中，只有他一人暗自对转世再生持怀疑态度。"如果说五百年前在天上做卷帘大将的人变成了现在的自己，那就能代表从前的那位卷帘大将跟现在的我是同一个人吗？我没有一丁点关于昔日上界生活的记忆，那么存在于我记忆之前的卷帘大将，和我之间的相同之处何在呢？是肉体相同，还是灵魂一致呢？话说回来，灵魂又到底是什么呢？"当他冒出这些疑问时，妖怪们便会笑道："又开始了。"大家或是嘲弄，或是面带怜悯地对他说："你这是病。都是因为得了大病。"

事实上，他确实病了。

　　但是从何时起，又是因为什么而得了这种病，悟净全然不知。只是当他察觉到异样时，这种令人厌烦的感觉已经将他重重包围。无论做什么他都觉得烦，所见所闻之事皆会令他精神不振，任何事都会勾起他的自我嫌恶，并让他丧失自信。一天又一天，他把自己关在洞穴里，什么都不吃，只是两眼放光地呆呆凝视着某处，沉浸在思索之中。有时他会突然站起身蹀来蹀去，独自嘟囔些什么，又突然坐下。不过，他并没有意识到自己的这些举动。到底弄明白哪一点，自己心中的不安才能消失呢？就连这个他都还没搞清楚。他只觉得从前被自己视为理所当然的一切，如今都变成了不可思议的可疑之事。当他将那些至今为止看似一个整体的事物，分解成若干部分，再逐个加以思考时，就渐渐忘却了那些事物作为整体时的意义。

　　有一次，一位身兼医生、占星师及祈祷者的老鱼怪遇到悟净时，这样对他说：

　　"唉，真可怜。你这是患上因果病了。一旦染上这种病，一百个人里有九十九个人的一生都会过得十分悲惨。妖怪原本是不会得这种病的，自从咱们开始吃人后，就有极少数染上了这病。得了这种病的人啊，无法顺利地理解一切事物，不管看到什么，遇到什么，都会立即思考'为什么'。那可都是些只有神仙才知道答案的、终极的真正的'为什么'。寻常的生灵如果总是思考那些问题，是活不下去的。不去思考那些问题，才是咱们这些尘世生灵之间约定俗成的规矩啊。这种病人最棘手的一个症状，就是对'自己'这一存在的疑惑。为什么我会将我当作我呢？把别人当成我，不也没什么问题吗？所谓的我，到底是什么呢？开始思考这些问题，就是这种病进入晚期的征兆。怎么样，我说得对吗？虽然看着可怜，但这病无药可救，也无人能医，只能靠你自己自愈。若没有相当好的机缘，你那脸上怕是不会再有笑的模样了。"

二

　　文字在很早之前就从人类世界传到了妖怪的世界里，但总的来说，在这些妖怪中存在着一种蔑视文字的习惯。他们普遍认为，活生生的智慧是不可能被文字这种死物记录下来的（若是以绘画的形式，还算行得通），这就像想用手抓住一缕轻烟一样愚蠢。由此，他们认为掌握文字反而是生命力衰退的象征，始终对其持排斥态度。悟净成天愁眉苦脸的，也定是因为他看得懂文字，妖怪们如此认为。

　　尽管这些妖怪不尊崇文字，但这并不代表他们轻视思想，在这一万三千个妖怪之中就有不少哲学家。只是他们的词汇量极其贫乏，只能用最幼稚的语言来思考最艰深的重大问题。他们在流沙河底开设了各自的思考商店，以至于河底时而会漂荡起一股哲学的忧郁。一位贤明的老鱼怪买下一座美丽的庭院，然后成日待在明亮的窗前，沉浸在关于没有后悔的永恒幸福的思考之中。还有一位高贵的鱼族，躲在长着漂亮花纹的鲜绿色水藻间，边弹着竖琴，边赞美宇宙那充满音乐性的和谐。在这些聪慧的妖怪中，丑陋愚钝、老实过头且从不会掩饰自己那些愚蠢的苦恼的悟净，自然就成了众人绝佳的愚弄对象。

一个看起来很聪明的妖怪，曾一本正经地问悟净："真理是什么？"随后他也不等悟净回答，只是在嘴边扬起一丝嘲笑，便迈着大步离开了。

又有一个鲐鱼精听说了悟净的病情后，专程前来探望。他推测悟净的病因是"对死亡的恐惧"，于是特意为了嘲笑悟净而来。"活着时便没有死。死若到来，便已没有我。你又有什么好怕的呢？"这就是这个妖怪的逻辑。悟净坦率认可了这一说法的正确性，因为他其实并不怕死，他的病因也并不在此。本打算嘲笑悟净一番的鲐鱼精，失望地离开了。

在妖怪的世界，身体与心灵并不像人类世界分得那么清晰，因此悟净的心病很快就变成了剧烈的肉体痛苦，令他备受折磨。难以忍受的悟净，终于下定决心——"无论多么艰辛，无论将遭受多少愚弄和嘲笑，我都要去拜访住在这河底的所有贤者、医生、占星师，我要向他们诚心求教一番，直到我能心服口服。"

他披上一件简陋的直缀便出发了。

为什么妖怪是妖怪，而不是人类呢？因为他们是为了将自己的某一特性发展到极致，而不惜打破与其他特性之间的平衡，甚至不惜为此变得丑陋，变成非人类。有的人极其贪吃，因此他的嘴巴和肚子就变得巨大无比；有的人极其淫荡，因此他的相关器官就变得非常发达；有的人极其纯洁，因此除了头部，他身体的各个部分都彻底退化了。所有妖怪都顽固地执着于自己的性格与世界观，在与他人讨论问题时，他们从来不会得出更高明的结论。因为他们都过于彰显自己的特性，无法好好理解别人的想法。

因此，在流沙河底，数百种世界观与形而上学彼此独立，绝不会相互融合，他们有的沉浸在平静的绝望之喜悦里，有的则拥有极其开朗的个性，还有的因为心有所求却看不到希望而唉声叹气，终日如无数摇摆的水藻一般，悠悠荡荡，四处飘摇。

三

悟净首先拜访的是当时最负盛名的幻术大师——黑卵道人。他在不算深的一处水底垒起重重岩石筑成洞穴，并在入口处挂了一块写有"斜月三星洞"的匾额。据说洞主长着鱼面人身，常常施展幻术，存亡自如，他能在寒冬时响雷，在盛夏时造冰，能让会飞的在地上跑，让在地上跑的飞上天。悟净在这位道人身边侍奉了三个月。虽然他对幻术不感兴趣，但他觉得既然精通幻术，那定是一位真人，若是真人就定能领悟宇宙真理，也一定拥有能治愈他疾病的智慧。然而现实却令悟净的希望落空了。坐在洞穴深处巨鳌背上的黑卵道人，还有围在他身边的数十位弟子，他们口中所谈皆是那些不可思议的神变之术，以及如何利用幻术欺骗敌人，或去哪儿搜刮宝贝之类的现实话题。这些人中没有一个愿意关注悟净追求的那些无用思考。在受尽愚弄与嘲笑之后，悟净最终被赶出了斜月三星洞。

悟净接下来拜访的是沙虹隐士。他是一位年纪很大的虾精，腰已经弯得像弓一样，而且半截身子都被埋在河底的沙子里。悟净在这位老隐士身边也侍候了三个月，他一边照顾其生活起居，一边了解其深奥的哲学思想。老虾精让悟净帮他按摩弯曲的腰，满脸严肃地说道：

"世间万物皆空。这世上可曾有一件好事？即便有，也唯有'这个世界终将迎来灭亡'这一件事。你不必去思考那些艰深的道理，看看我们身边就明白了，到处都是无休止的变化、不安、懊恼、恐惧、幻灭、斗争、倦怠。正所谓，昏昏昧昧，纷纷若若，不知归处。我们只站在、活在'现在'这一瞬间之上，而我们脚下的'现在'转瞬消失，成为过去。下一瞬间，再下一瞬间皆是如此。这就像站在容易倾塌的沙坡上的旅人，每走一步，他脚下的沙子就会变换形态。我们究竟该安身何处？若是停下必会跌倒，只有不停地跑才有属于我们的生路。你问幸福是什么，那不过是一种虚幻的概念，绝非某种现实存在的状态。虚幻的希望，皆是徒有虚名之物啊。"

看着悟净脸上流露出的不安神情，隐士安慰似的继续说道：

"不过，年轻人啊，你不必那么害怕。被浪卷走的人会淹死，但能乘到浪上的人就能跨越它。超越有为转变①，抵达不坏不动之境也并非全无可能。古时常有真人能超越是非善恶，忘却物我，抵达不死不生之域。不过，正如自古流传的那样，你若以为那是一种极乐境界，可就大错特错了。那里没有痛苦，但同时也没有寻常生灵所拥有的快乐，是个无味、无色的世界，那里乏味无趣，就像蜡、像沙一样。"

---

① 即有为法，指因缘和合而生的一切事物，每一刹那都在转变、迁移。

悟净小心谨慎地插话道："我想听的不是个人的幸福或如何练就不动心，我想知道的是关于自己，还有这个世界的终极意义。"

隐士眨巴着他那积满眼屎的双眼，如此答道："自己？世界？你以为存在一个不包含你自己在内的客观世界吗？所谓的世界啊，只是我们自己投射在时间与空间之间的幻象。你自己要是死了，世界也就消亡了。说什么自己死了，世界还在，那就是个俗不可耐、彻头彻尾的谬论。即便世界消失，这个被称作'自己'的真身不明、不可思议的存在，也是会继续存在下去的。"

就在悟净侍奉到第九十天的早晨，在经历过持续数日的剧烈腹痛和腹泻之后，这位老隐者终于死了——带着一种通过自己的死亡就能抹杀掉这个将丑陋而痛苦的腹痛、腹泻加诸自己身上的客观世界的喜悦……

悟净细心地为他打点过丧事之后，挥泪再次踏上全新的旅途。

有传闻说，坐忘先生常常以坐禅的姿态入眠，且五十天才会睁一次眼。而且，他会将睡眠时的梦中世界当作现实，偶尔睁开眼时，反倒以为眼前的现实世界是梦境。当悟净千里迢迢找到这位先生时，他果然正在睡觉。

由于那里正处于流沙河最深的谷底，外边的阳光几乎照不进来，悟净的眼睛一时难以适应黑暗，什么都看不清楚，不过片刻之后，在昏暗的河底高台上，一位结跏趺坐的僧人隐隐约约地浮现在他眼前。这里听不到外界的声音，也只有极少数的鱼会经过，悟净无所适从，只得坐在坐忘先生面前闭起双眼，紧接着，他感觉一切声音都从耳畔消失了。

悟净在这里待到第四天时，坐忘先生睁开了眼睛。悟净慌慌张张起身施礼，而先生却似看非看地只眨了两三下眼睛。沉默的对坐持续了片刻之后，悟净诚惶诚恐地开口道："先生，初次见面，恕我冒昧，在下有一事想请教您。'我'到底是什么呢？"

"咄！秦时镀铄钻①！"

伴随一声大喝，悟净的头即刻挨了一棒。他打了个趔趄，复又坐好，等了许久，十分小心谨慎地重复了一遍刚才的问题。这一次，悟净没有被打。坐忘先生微微张开他的厚嘴唇，脸上和身体却纹丝不动，像是在说梦话一般地答道："一直不吃饭而觉得肚子饿的人是你。到了冬天会感到冷的也是你。"随后，他闭起厚嘴唇，看了悟净片刻，便再次闭起了双眼。此后的五十天，他始终没再睁开眼睛。

悟净耐心等待着。等到第五十天时，坐忘先生再次睁眼，他望着坐在面前的悟净问道："你还在？"

悟净小心翼翼地回答说自己等了五十天。

"五十天？"坐忘先生用平时那种做梦般的眼神看向悟净，他一动不动，只是默默看着，过了很久才终于动了动沉重的嘴唇：

"衡量时间长短的尺度，只存在于能感受到时间之人的实际感知之中，连这个都不知道的人实在是愚蠢。听说在人类世界，出现了衡量时间长短的器械，但是将来，它也会为人类埋下巨大

---

① 秦代工程上使用的一种用牲畜拉着使之旋转的大钻头。这种钻头笨重、迟钝，因禅机讲究当下契入，所以错过了就是"秦时镀铄钻"。

的误解之种吧。不管是大椿之寿还是朝菌之夭，①其时间长短都是不会改变的。所谓的时间哪，不过是我们大脑中的一种装置罢了。"

说完这些，先生再次闭起双眼。悟净知道，恐怕要等到五十天之后，他才会再次睁开眼，于是他面向睡着的先生，恭恭敬敬地鞠了一躬后便离开了。

"恐惧吧，战栗吧！然后，相信神的存在吧！"

一个年轻人正站在流沙河最繁华的十字路口大声呼喊。

"我们短暂的生命，将消失在此前及此后无限延续的大永劫之中。我们栖身的狭窄空间，其实正处在我们所不知，且不知我们的无限的大广袤之中。谁人能不为自己的渺小而战栗呢？我们都是戴着铁锁的死刑犯。每一个瞬间，都有数人在我们面前被处刑。我们没有希望，只能等待死亡。死期迫近！你打算以自我欺骗与酩酊大醉，度过这短暂的时间吗？被诅咒的懦夫啊！你预谋在这短暂的光阴里，凭借你那悲惨的理性自我陶醉吗？不自量力的傲慢之人啊！你那贫乏的理性与意志，不是连一个喷嚏都无法左右吗？"

皮肤白皙的青年涨红了脸颊，声音嘶哑地斥责着。他那女性一般的高贵风姿中，何以潜藏着这样的激情呢？悟净惊叹之余，出神地望着他那炽热的美丽双眸。他觉得自青年的话语中，一支

---

① 出自《庄子·逍遥游》，大椿以"八千岁为春，八千岁为秋"，故指寿命长；朝菌"不知晦朔"，故指寿命短。

如火一般的神圣之箭，射进了他的灵魂。

"我们能做的唯有敬爱神灵，憎恨自己。作为一个部分，我们不能把自己当作独立的主体，而要始终将整体的意志当作自己的意志，只为了整体而让自己活下去。唯有与神合一，才能成为一个真正的灵魂。"

这真是神圣而精彩的灵魂之声，悟净想。尽管如此，悟净知道自己现在渴求的并非这样的神之声。训言如同良药，然而给疟疾病人送上治疗疖子的药也是徒劳无益，悟净继续想。

在距离十字路口不远的路旁，悟净看到一个丑陋的乞丐。他佝偻得非常厉害，五脏六腑全被高高隆起的脊柱吊了起来，他的头顶垂得比肩膀还低，下巴甚至挡住了肚脐，此外，从他的肩膀到后背的大片肌肤上，满是溃烂的红色脓肿，悟净看着他，不禁停下脚步，发出一声叹息。不料蹲着的乞丐听到了叹息声，他脖子保持不动，只是将一对赤红而浑浊的眼珠向上一瞪，又咧嘴一笑，露出仅剩下一颗的长门牙。他晃动着被高高吊起的胳膊，摇摇晃晃地来到悟净身边，仰视着说道：

"让你可怜我，真是僭越了。年轻人啊，你是不是觉得我很可怜？可我觉得你似乎要比我可怜得多啊。你是不是觉得我长这副模样，一定会怨恨造物主，哎呀呀，怎么会呢，我反倒要赞美造物主，能赐予我这么稀奇的外形。而且，我单是想想自己将来会变成什么有意思的模样，就期待得不得了。我的左臂若是变成鸡，我就让它去报时，右臂若是变成弓，我就用它猎只猫头鹰来烤着吃，我的屁股如果变成车轮，灵魂变成马，那可就成了一辆顶好的马车，得多么便利啊。怎么样，吓着你了？我的名字啊，叫作子舆，我还有三个莫逆之交，他们分别叫子祀、子犁、子来。我们都是女偊氏①的弟子，早已超越了事物之形，抵达不生不死之境，水淹不死，火烧不死，入睡后无梦，醒来时无忧。前不久，我们几个还笑谈道，我们是以无为头颅，以生为后背，以死为屁股，啊哈哈哈……"

乞丐发出的可怕笑声让悟净吃了一惊，他想，这个乞丐恰是一位真人也未可知。他若没说假话，那着实是位了不起的人物。但是，从他的言语和态度中，悟净多少感到些炫耀的意味，不禁怀疑他是在强忍着痛苦，发表那些豪言壮语，而且他那丑陋的外表和脓血的臭味，也让悟净从生理上产生了反感。因此，尽管悟净对他很感兴趣，却打消了在此侍奉他的念头。不过，悟净透露出想去请教他方才提及的那位女偊氏的想法。

"啊，你问我师父啊，师父在从这儿往北两千八百里，这条流沙河与赤水、墨水的汇流之处结庐而居。你若是道心坚定，一定会得到师父垂训，机会难得，你不妨待在师父身边修行。也烦请你代我向师父问好。"可怜的乞丐努力耸起他尖尖的肩膀，傲慢地答道。

四

朝着流沙河与赤水、墨水的交汇处，悟净一路北上。晚上，

---

① 《庄子·大宗师》中的人物，因顺应自然之道，年纪很大却"色若孺子"。

他在芦苇丛中过夜，到了早晨，他又继续在水底那片不见尽头的沙地上向北行进。看到鱼儿们愉快地活蹦乱跳，悟净便会忧虑为什么只有自己一人郁郁寡欢。途中，他还遍访了所有出名的道人与修行者。

悟净在拜访以贪食和神力而闻名的虬髯鲇子时，这位肤色黝黑、身形健壮的鲇鱼怪，一边将着长髯，一边告诉悟净："一味远虑，必有近忧。达观之人从不做通观。"

"比如这条鱼……"鲇子一把抓住从眼前游过的一条鲤鱼，狼吞虎咽地边吃边说道，"这条鱼啊，这条鱼为什么会从我的眼前经过，又注定要成为我的腹中之物呢？绞尽脑汁去思考这件事，确实很有仙人哲人的作风，但是在抓住鲤鱼之前先没完没了地想这件事的意义，只会放跑猎物。总之先赶紧抓住鲤鱼，大口把它吃掉，然后再思考也不迟。鲤鱼为什么是鲤鱼，以及关于鲤鱼与鲫鱼之差异的形而上学式考察……你这人总是纠结于这些毫无价值的高深问题，却抓不到鲤鱼。光看你那无精打采的眼神，我就全明白了。我说的没错吧？"

"确实如此。"悟净低下头去。

此时，方才的鲤鱼早已下肚，鲇鱼怪那贪婪的目光转而投向悟净低垂着的脖颈，只见他眼睛突然一亮，喉咙咕嘟一响，悟净猛地抬起头，顿感不妙，随即闪向一旁，而鲇鱼怪那利刃般的爪子已飞快地划过悟净的咽喉。初次攻击没能成功令贪食的鲇鱼怪怒火中烧，眼见他那写满贪婪食欲的硕大的脸逼上前来，悟净猛一踩水，借着腾起的泥烟，仓皇逃向洞外。悟净浑身颤抖着想，从这个狰狞的妖怪身上，自己切身体验学习到了何为残酷的现实主义精神。

在以宣扬爱身边之人而闻名的无肠公子的讲座上，这位圣僧讲到一半时突然饿了，继而狼吞虎咽地吃了两三个自己的亲生骨肉（他是螃蟹精，一次能孵出无数个孩子），这一幕着实让悟净大吃一惊。

嘴上说着慈悲忍辱的圣人，眼下却在众人面前吃了自己的孩子。不只如此，他在吃完后，就像忘了这件事似的，又继续论述起他的慈悲说。他并非忘记自己做了什么，而是刚才填饱肚子的行为，根本就没有上升到他的意识层面。"也许这正是我该学习的地方，在我的生活里，有那样本能而忘我的瞬间吗？"悟净以奇怪的理由如是想。他觉得自己得到了珍贵的教训，随即向无肠公子行起跪拜礼。然而他想："不对，凡事都要一一加以概念化的解释才能心满意足，这正是我的弱点。"于是他又改变了主意，"不能把教训束之高阁，而是要去亲身实践，没错，没错。"悟净再次行过礼，恭恭敬敬地离去了。

蒲衣子所在的庵庙是个很奇特的道场。他身边只有四五位弟子，但是个个都模仿着师父的步调，研究着自然的密钥。不过比起研究者，称他们为陶醉者或许更加贴切。他们要做的唯有观察自然，并从自然那优美的和谐之中认真专注地穿行而过。

"首先是去感受。要将'感觉'练到至为优美、伶俐的状态。脱离对自然美的直接感受的思考，只会是一场灰色的梦。"

其中一位弟子说道。

"让心沉潜，静观自然。云、天、风、雪、浅蓝色的冰、摇曳的红藻，入夜后硅藻类在水中微微闪烁的光，鹦鹉螺的螺旋纹样，紫水晶的结晶构造，石榴石之红、萤石之蓝……它们都在优美地述说着自然的秘密。"他说出来的话仿佛诗人的语言。

"可是，眼下距离破解自然奥秘只有一步之遥，幸福的预兆却突然消失了，我们只能再次继续凝望着自然那美丽却冰冷的侧脸。"另一位弟子接着说道，"这都是因为我们对感觉的磨炼还不够，心沉得还不够深，我们仍需努力。要不了多久，我们就能体验到师父所说的'观察即爱，爱即创造'的瞬间。"

此间，他们的师父蒲衣子一言未发，只是一动不动地用充满深邃欢喜的安详目光，注视着掌心里那块鲜绿色的孔雀石。

悟净只在这座庵庙中逗留了一个月。其间，他也跟大家一起变身为自然诗人，赞美着宇宙的和谐，祈求着能与最深奥的生命合而为一。虽然悟净觉得自己并不适合这里，但还是会被他们平静的幸福状态所吸引。

在这些弟子中，有一位异常俊美的少年。他的肌肤如银鱼般通透，黑黑的眼睛像在做梦似的睁得大大的，斜在额前的卷发就像鸽子胸脯上的细毛一样柔软。当心中有一丝忧愁时，他那俊美的脸庞上，就会浮现出好似遮月薄云一般的朦胧阴影；当喜悦降临时，他那沉静清澈的双眸深处则会闪烁出暗夜宝石般的光辉。师父和师兄弟们都对这个少年疼爱有加。他直率而纯粹，他的心里甚至不曾有过猜疑。他看起来是那样静美而纤弱，恍若是由某种珍贵的气体幻化而成，引得人人要为他而忧心。闲暇时分，这位少年就会用浅黄褐色的蜂蜜，在白色的石头上画下一朵又一朵昼颜花。

就在悟净离开这座庵庙的四五天之前，少年一早出门后就再没回来。跟他一同出去的弟子回来后，报告了一件不可思议的事，他说在自己不经意间，少年就突然溶化进水里，那一幕他亲眼所见。其他弟子都笑称此事不可能，他们的师父蒲衣子却当即认同了他的说法："不无可能，这事儿有可能发生在那孩子身上，他太纯真了。"

悟净将打算吃掉自己的鲇鱼怪的强壮，与这位溶化进水中的少年的纯美放在一起做对比，若有所思地告别了蒲衣子。

离开蒲衣子后，悟净去拜访了斑衣鳜婆。她是一位已经五百多岁的女妖怪，但肌肤的柔韧程度仍与处女无异，人们说凭她婀娜的身姿，哪怕是铁石心肠也会为之心荡神驰。这位以尽享肉欲为唯一生活信条的老妖女，在她的后院里建了数十个房间，其中住满了姿容端正的青年，当她沉浸于肉体之欢时，就会拒绝一切亲信，停止一切交际，藏身于后院，夜以继日地徘徊在这些青年之中，每三个月才外出露面一次。

悟净到访时恰逢她三月一次的外出时间，因而有幸能见上她一面。听说悟净是求道之人，斑衣鳜婆以她那隐约流露出慵懒疲倦之态的绰约容姿，对悟净说道：

"我这条道啊，你该找的就是我这条道。不管是圣贤的教诲，还是仙人的修行，他们的目的都是要维持这种无上法悦^①的瞬间。试想一下，能在这世上活一遭，其实是在百千万亿恒河沙劫般无限的时间中都难得一遇，值得庆幸之事。但与此同时，死亡也正在以惊人的速度向我们袭来。拥有难得一遇之生，且要等待轻而易举之死的我们，除了这条道，还能有什么选择呢？啊，这令人迷醉的欢喜！这永远崭新的陶醉！"最后，女妖怪像喝醉一般，眯缝起她那妖艳淫靡的双眼，如此呼喊。

"可惜你长得太过丑陋，我没法把你留下，老实告诉你吧，其实在我的后院，每年都有上百个年轻男人被累死。但是呀，即便我事先告知，他们也个个乐此不疲，对自己的一生颇为满足地死去。留在我这儿的人，没有一个是带着怨恨而死的，只会有人为了死亡无法让这种快乐延续得更久而懊悔不已。"

斑衣鳜婆看向悟净的眼神，仿佛是在怜悯他丑陋的相貌，最后她又说道：

"所谓的德呀，就是懂得如何享乐的能力。"

悟净感谢着自己因为丑陋而不必成为每年死去的百人中的一员，继续踏上了旅途。

贤者们的教诲实在是千差万别，悟净全然不知道自己到底该去相信谁。

对于他那"我是什么"的疑问，其中一位贤者如此说道：

"你先叫两声。你的叫声要是'哼哼哼'，那你就是猪。你

---

① 指由听闻佛法，或由思考佛法而产生的喜悦。

的叫声要是‘嘎嘎嘎’，那你就是鹅。”

另一位贤者则说：“你若不再勉强自己用语言表达出自己是什么，想了解清楚你自己就没那么困难。”

还有人说：“眼睛虽能看见一切，却看不见自己。归根结底，‘我’就是不可能了解‘我’的存在。”

又有一位贤者说：“我始终是我。在我现在的意识诞生之前的无限的时间之中，我就一直存在。（没有人会记得的）那段经历变成了现在的我。而现在的我意识消亡之后，在那无限的时间之中，我也将一直存在下去吧。这是眼下任何人都无法预见之事，而且等到那个时刻降临时，现在这个我的意识也将被完全遗忘。”

还有人这样说：“作为一个整体一直持续存在的我是什么？就是记忆之影的堆积啊。”随后，他继续告诉悟净，“所谓的记忆丧失，就是咱们每天所做的全部。因为咱们忘却了自己正在忘却这一事实，才会觉得许多事物都充满了新鲜感，然而事实上，那是因为咱们早已将一切都彻底忘记了。何止是昨日之事，就连一瞬间之前的事，即那一瞬间之中的知觉、感情，在下一瞬间到来时，就全被忘记了。我们所经历的那些瞬间之中，仅有一小部分会留下模糊的残影。所以，悟净啊，现在这一瞬间是多么宝贵啊！”

就这样，悟净来往于众多医者之间，看着他们给自己相同的病情下着不同的处方，直到将这种愚蠢的行为反复持续了近五年之后，他终于发现，自己一点也没有变得更加聪慧。别说是变聪慧了，他甚至总觉得自己变成了某种轻飘飘的（仿佛不再是自己的）不明所以的东西。从前的自己尽管愚蠢，至少还比现在更切实可靠——大致是一种肉体感觉，总之，他能感受到自己的重量。然而现在，他似乎变成了没有重量，风一吹就会飘走的东西，一种外部被涂抹了各种图案，内里却空空如也的东西。"这样可不行。"悟净心想，他同时有种预感，除了通过思索来探寻意义，是否还存在更直接的答案呢？就在他意识到自己竟然想为这些疑惑，寻求算术题一样明确的答案是多么愚蠢时，前方的水开始变成浑浊的红黑色，悟净要找的女偊氏的处所到了。

乍看之下，女偊氏只是一位平凡至极，甚至还有几分迂拙的仙人。悟净来到这里后，女偊氏既没使唤过他，也不曾教过他些什么。"坚强者死之徒，柔弱者生之徒"①，想来女偊氏是厌恶那种催人"学习吧，学习吧"的生硬态度。只是非常偶尔地，她会自言自语似的嘟囔些什么。每到这种时候，悟净就会立刻竖起耳朵，可惜女偊氏的声音太低，让人几乎听不清。

"贤者对他人的了解，不如愚者对自己的了解多，因此，自己的病只能自己医"，这是悟净从女偊氏口中听来的唯一一句话。三个月后，悟净放弃了继续向女偊氏求教，便去向其辞行。然而就在这时，女偊氏竟然罕见地开始细细教导起悟净——"关于因为没有生三只眼睛而悲伤是何其愚蠢""关于想靠自我意志左右指甲与头发的生长之人是何其不幸""关于醉酒者即使从车上摔下来也不会受伤""关于尽管不能一概而论地说思考有害，但不思考之人的幸福就像不会晕船的猪，不过，唯有去思考这件

---

① 出自老子《道德经》。指"坚强的东西属于死亡的一类，柔弱的东西属于生长的一类"。

事是个禁忌"云云。

女偊氏又向悟净讲起一个自己昔日结识的、拥有神智的妖怪的故事。这个妖怪上至星辰运行，下至微生物的生死无所不知，他能通过微妙至极的计算，追溯知晓过去发生的所有事，也能推测出未来将会发生的事。但是，这个妖怪非常不幸，这么说是因为有一次他突然意识到"我所能预见的全世界即将发生的事，为什么（并非对其发生过程，而是对其根本原因的疑问）必须毫无偏差地发生呢？"而这个问题的终极理由，却无法通过他那微妙至极的计算找出。为什么向日葵是黄色的？为什么草是绿色的？为什么万物以现在的形态存在？这些疑问折磨着这位神通广大的妖怪，最终引他走向了悲惨的死亡。

女偊氏还讲起另外一个妖精的故事。那是一个非常小而丑陋的妖怪，他常说自己是为了寻找某个小小的闪着耀眼光芒的东西而生。虽然没人知道他所说的发光的东西是什么，但小妖精始终满怀热情地寻找着它，为了它而生，也为了它而死。尽管小妖精最终也没能找到那个小小的闪着耀眼光芒的东西，但人们都觉得他的一生幸福至极。女偊氏讲述着这些故事，却并未对它们要传达的意义做出任何说明，只是在最后如此说道：

"懂得神圣之疯狂的人是幸福的，他们借由杀死自己而拯救了自己。对神圣之疯狂一无所知的人是有祸的，他们不让自己死也不让自己活，由此渐渐走向灭亡。爱是一种更为高贵的理解方式，而行动则是更为明确的思索方式。可怜的悟净啊，你总想将诸事都浸入意识的毒液里。你要知道，决定我们命运的重大变化，都不会伴随着我们的意识而出现啊。好好想想吧，你曾意识到你出生的瞬间吗？"

　　悟净小心翼翼地答道："师父的教诲我深有体会。其实，在这些年的游历中，我也意识到单是进行思索，只会让自己在泥淖中越陷越深，但我又苦恼于无法突破现在的自我，获得重生。"

　　女偶氏听过这番话后，说道："溪流流淌至悬崖附近时，会先打个漩涡，然后变成瀑布，落下悬崖。悟净啊，你现在就在那个漩涡面前犹豫不决。只要向前迈出一步就被卷入漩涡，落入深渊将只在吐息之间，中途没有时间让你思索、反省或徘徊。胆小的悟净啊，现在的你正满怀畏惧与怜悯，眺望着那些被卷入漩涡后坠落的人，同时犹豫着自己到底要不要鼓起勇气一起跳进去，你十分清楚自己早晚都要落入谷底，也知道不被卷入漩涡绝非一种幸福。即便如此，你还是对旁观者的位置恋恋不舍吗？在激烈的生之旋涡中挣扎的人们，其实并没有旁观者眼中看起来的那么不幸（他们至少比那些充满怀疑的旁观者幸福数倍），愚蠢的悟净啊，这些你还没看透吗？"

　　师父这番教诲之可贵，令悟净刻骨铭心，然而，他心里依然残留着些许未能释然的东西，就此告别了女偶氏。

　　"我再也不向任何人问道了。"悟净心中暗想。

　　"他们个个看起来都很了不起，可事实上什么都不懂啊。"悟净自言自语地踏上了归途，"'就让我们彼此装作什么都懂吧。因为我们彼此都明白，我们其实什么都不明白'——大家似乎都活在这种默认的约定之中。如果说这种约定业已存在，到现在才开始嚷嚷着'不懂不懂'的我，还真是个不识趣的麻烦人物啊，真的是……"

094 ·

五

　　头脑迟钝的悟净自然表演不出幡然醒悟、绝后再生之类的华丽绝技，但是难以察觉的变化似乎正在他身上慢慢发生。

　　起初，悟净有一种近似于赌博的心理——如果只能做一次选择，面对一条始终泥泞的路，以及另一条充满艰险却可能获救的路，想来任谁都会选择后者。可是明知如此，为什么还会犹豫呢？思及此处，悟净第一次意识到自己思考方式中那卑劣的功利心。如果选择了那条险峻的路，历经艰辛之后却没能得救，那就意味着将遭受无法挽回的损失，正是这种心理在不知不觉间铸就了他的优柔寡断。为了避免徒劳无功，只好选择留在那条不必辛劳却必定会遭受损失的路上，这就是悟净脑袋里懒惰、愚蠢而卑劣的想法。

　　然而，待在女偊氏身边的那段时间里，他的想法渐渐被逼向另一个方向。起初他是被动的，但是到最后他开始主动出击，试图改变。一直以来，悟净觉得自己是在寻求世界的意义，而非个人的幸福，但后来他意识到自己完全想错了，其实他那些奇怪疑问的根源，正是对探求自我幸福的深深执念。自己并非大谈世界意义的伟大存在，这一事实没有让悟净感到自卑，反倒赋予了他一种平静的满足感。而且，他还拥有了在发表豪言壮语之前，先去试着展现自己也尚不了解的勇气。犹豫之前先去尝试吧！不再考虑成功与否，只是为了尝试而全力以赴地去尝试吧！即便注定失败也无妨。至今为止，一直因为畏惧失败而放弃努力的悟净，终于实现了向不再厌恶徒劳无功的升华。

六

悟净的身体已累到极致。

一日，他突然倒在路边，陷入沉睡。那真是一场忘却了一切的酣睡，他昏昏沉沉地连续睡了好几日，忘记了饥饿，也不曾做过一个梦。

当他突然睁开眼时，发现自己正被蓝白色的光笼罩着。已是入夜时分，皎洁的月夜。硕大的春日满月自水面之上映照下来，浅浅的河底被恬静的莹白月光填满。酣睡许久后，悟净神清气爽地坐起身，他顿感饥饿，于是随手抓住旁边游过的五六条鱼，狼吞虎咽地大口吃下，又操起挂在腰间的酒葫芦畅饮起来。他吃得津津有味，咕嘟嘟地喝光了一葫芦的酒，才终于愉快地继续上路。

此时，周遭明亮到能看清河底的一粒粒细沙，水银球似的细小水泡闪着光，摇摇晃晃地顺着水草不停上升。偶尔，有小鱼一见到悟净就仓皇而逃，它们的肚皮白光一晃，便消失在青色的水藻阴影中去了。悟净的心情渐渐舒畅起来，他甚至反常地想放声高歌，然而就在他扯开嗓子准备唱时，却听到一阵歌声从极遥远的地方飘摇而来。悟净停下脚步，侧耳倾听，那声音似是来自水面之上，又似是来自水底深处，尽管听来低沉，却十分清澈，悟净隐约听见那声音唱道——

　　江国春风吹不起，
　　鹧鸪啼在深花里。

三级浪高鱼化龙，

痴人犹戽夜塘水。

悟净坐在原地，继续专注地听了起来。在被蓝白色月光浸染的透明水世界中，那平缓的歌声，恍若在风中消逝的狩猎角笛声，余音袅袅，不绝如缕。

悟净没有睡着，但也并非完全清醒，他只觉得灵魂隐隐痛楚，茫然地在原地蹲了许久。随后，他进入了一个奇妙的不知是梦是幻的世界。水草、鱼影突然从他的世界消失，一种妙不可言的兰麝芳香，顷刻间飘荡开来。旋即，悟净看到两个陌生的身影朝着自己走来。

前边那人身形魁伟，手执锡杖，气宇不凡。后边那位则头戴宝珠璎珞，顶上肉髻，妙相端严，背光隐现，不似寻常之辈。前边那人走到近前，说道：

"我乃托塔天王二太子，木叉惠岸。这位是我的师父，南海观世音菩萨摩诃萨。从天龙、夜叉、乾闼婆，至阿修罗、迦楼罗、紧那罗、摩侯罗伽，人或是非人，我的师父都会平等垂怜，师父此番见你苦恼，专程降临此地，引你出家为僧，你当感激听命。"

悟净方才便已不由自主地低垂下头，此时，只听一个优美的女声——不知是妙音、梵音，还是海潮音——传入他的耳畔。

"悟净，谛听吾言，善思念之。不自量力的悟净啊，未得谓得，未证言证，世尊责之为'增上慢'。如此看来，像你这般希望证得无法证得之事，就是极度的增上慢。你所求之事，就连阿罗汉、辟支佛都尚未求得，且放弃求得。可怜的悟净啊，你的灵魂竟迷茫到如此凄惨境地。若能得正观，便能成净业，你心相羸劣，陷入邪观，又遭此三途无量之烦恼。想来，你通过观想也无法获救，此后应当舍弃一切思念，谨记只可依靠身体力行来救赎自我。时间因人而动。以概观来看世界则毫无意义，但若直接去推动世界的细微之处，却能获得无限意义。悟净啊，先找到适合你的地方，投身于适合你的工作，往后，你当舍弃一切自不量力的'为什么'。除此之外，你再无出路。

"今年秋天，将有三位僧人自东向西渡过这流沙河，那是西方金蝉长老转世的玄奘法师和他的两位徒弟，他奉唐太宗皇帝之诏，要前往天竺国大雷音寺取大乘三藏真经。悟净啊，你也随玄奘一起西行吧。那才是适合你的位置，适合你的工作。尽管此行艰苦，你且放下疑虑，尽心竭力。玄奘的徒弟中，有一个名叫悟空之人，尽管他无知无识，你只需坚信不疑，就定能从他身上学到诸多东西。"

等到悟净再次抬起头时，眼前已空无一人。他不知所措地呆立在月明如洗的河底，心情颇为奇妙，在他恍惚的脑海一角，漫无边际地想着——

"……世事还真是因人而起，适时而生啊。若是半年前的我，肯定不会做这么奇怪的梦吧……刚才梦里菩萨的那番话，想来跟女偶氏、虬髯鲇子所说的也没什么不同，可今晚听来却格外受用，真是奇怪。可我也不至于把梦当成救赎吧。但是说不上来为什么，刚才梦里提到的唐僧什么的，我总感觉他们真的会打这儿经过。这事儿啊，还真是该发生的时候，就真的会发生啊……"

悟净如是想，脸上则露出了久违的笑容。

七

是年秋天，悟净终于见到大唐玄奘法师，并借其之力离开流沙河，化身成人类。就这样，他与英勇善战、天真烂漫的齐天大圣孙悟空，懒惰而乐天的天蓬元帅猪悟能一起，踏上了全新的旅途。但是在这一路上，尚未完全摆脱老毛病的悟净，依然会不自觉地自言自语。他如此喃喃道：

"真奇怪啊，真是搞不明白。不再勉强自己追问那些搞不懂的事，难道就能算是搞懂了吗？这也太暧昧了！这可算得上是彻底的蜕变！嗯，总感觉想不通。不过，单是不像从前感觉那么痛苦这一点，倒是值得庆幸……"

——选自《我的西游记》①

---

① 《我的西游记》为中岛敦未完成的系列小说作品。

悟净叹异^①——沙门悟净手记

---

① 意为赞叹诧异。

　　午饭过后，趁师父在路旁松树下小憩的间歇，悟空把八戒带到附近的空地上，督促他练习变身术。

　　"快试试！"悟空说，"你得当真想着要变成龙，懂吗？你得当真，得用最极致、强烈的意识去想，得放下所有杂念，明白吗？必须认真想，拼尽全力、彻彻底底地认真想。"

　　"好！"八戒闭上双眼，开始结印。只见八戒的身影瞬间消失，取而代之的是一条五尺长的青蛇。从旁看着的我，禁不住笑了出来。

　　"呆子！你怎么只会变青蛇啊！"悟空骂道。

　　随后青蛇消失，八戒又恢复了原形。"俺做不到呀，这到底是为啥呢？"八戒害臊地哼哼道。

　　"不行不行，你的心思根本不够专注，再试一次！听好了，你得认真点，拿出毫无杂念的认真劲儿，想着'我要变成龙，我要变成龙'。你就光想着'我要变成龙'，得让你自己完全消失才行。"

　　"好。"说着八戒又开始结印，这次跟之前不同，他变成了一个奇怪的东西。从外形来看，那确实是一条锦蛇，可又长了小小的前肢，有点像是大蜥蜴，但是腹部却像八戒的肚子一样胖乎乎的，它用那短短的前肢爬了两三步，那副丑样简直叫人无法形容。我又哈哈大笑起来。

"行了行了，变回来！"悟空怒吼道。随后，挠着头的八戒又现身了。

悟空说："你想变成龙的意识根本不够强烈，所以你总是变不成。"

"才没呢，俺可是拼命想着'我要变成龙，我要变成龙'，我想得特别使劲、特别用心。"八戒辩解道。

悟空接着说道："你没变成功，就说明你的意识还不够集中。"

"这么说可过分了，你这不是结果论吗？"

"也是，只通过结果来批判原因，肯定不是最好的做法。可在这世上呀，这好像就是最实际、最正确的方法。现在用在你身上，显然正合适。"

据悟空说，变化之法就是要将想变成某种东西的意识，集中到最纯粹、最强烈的程度，你才能变成那样东西。如果变不成功，定是因为想变身的心思还不够强烈到位。法术修行皆是如此，即学习如何将自己的意识集中至一种纯粹无垢且强烈的状态。这种修行固然艰难，但是一旦到达了那种境界，就不再需要像之前那么耗费力气，只需要将意识调整到那种状态，就能轻松完成变身。其他各种技艺的学习亦是同理。人类之所以不会变身术，而狐狸却会，正是因为人类要关心的事情太多，集中精神就变得极其困难，与之相反，野兽没有那么多劳心的琐事，因此它们的精神更容易集中。

　　悟空确实是个天才。这一点毋庸置疑。当我第一次见到这只猴子的瞬间，立即就有了这种感觉。起初，我还觉得他那满是毛的红脸很丑陋，但就在下一瞬间，我又被他身体里满溢而出的气势震慑住了，由此也完全忽略了他的相貌。到现在，有时我甚至觉得这猴子的相貌充满美感（即便到不了这种程度，至少也称得上是不同寻常）。悟空对自己的信赖，通过他的神采与语气，都被生动地展现了出来。他是个对任何人都不会说谎的人，尤其是对他自己。在他的身体里，总是燃着一团火，丰盈而热烈的火。这团火还总会迅速感染到他身旁的人。当你聆听他的话语时，总会自然而然地依照他所相信的去相信，单是待在他身边，就会让人莫名地充满自信。他就是火种。世界是为他而存在的柴火，世界也是为了被他点燃才存在的。

　　在我们看来平平无奇的事情，通过悟空的视线，全都会变成精彩冒险的开端，变成促使他开始一次勇敢行动的机缘。与其说是原本就充满意义的外部世界吸引了他的注意，倒不如说是他赋予了外部世界一个又一个意义。是他内心的火，将外部世界空洞、冰冷沉睡着的火药一一点燃。他并不是在以侦探之眼去外部世界寻找，而是带着一颗诗人之心（尽管是位极其粗野的诗人），让他所触摸的事物都获得温度（偶尔还会有烧焦的危险），并催生出各种各样意想不到的新芽，又令其结出果实。因此，在悟空眼中，没有一样事物是平凡陈腐的。每天早晨睁开眼，他定会去拜一拜初升的太阳，然后，他总是像第一次见到日出似的惊叹不已，感动于那种自然之美，并由衷地发出一声长叹，表达心中的赞美之情。这几乎是每天早晨都会发生的事。当他看到松树的芽从种子里冒出来时，也会睁大眼睛，露出非常不可思议的神情。

　　跟这种天真烂漫的形象完全不同，让我们再来看看他与强敌对战时的英姿吧！那是多么精彩、完美的身手啊！他全身上下没有一丝破绽，每一个部位都表现得那样健壮而紧张，他将金箍棒挥舞得充满律动感，且没有一丝一毫多余的动作。他那不知疲惫的肉体中，散发出一种愉悦、激昂、火热、跳跃着的足以压倒一切的力量感。同时还洋溢出一种能够欣然迎接任何困难的强韧的精神力量。这只相貌古怪的猴子的战斗身姿，拥有比闪耀的太阳，比灿烂盛开的向日葵，比鸣叫正欢的蝉更加专注、赤裸、热烈、忘我且炽热的美感。

　　大约在一个月前，他在翠云山中与牛魔王大战时的英姿，直到现在还会清晰地浮现在我眼前。因过于令人感叹，我还将他们当时的战斗经过详细地记录了下来——

　　……牛魔王化作一只香獐，悠然地吃起青草，悟空看破那獐子正是牛魔王，旋即变成老虎，飞奔而来，眼看他就要咬住那獐子时，牛魔王却突然变身成一只大豹子，猛扑上去迎击老虎，悟空见状，立马又变成狻猊，朝豹子发起攻击。这时候，牛魔王则即刻化身为黄狮子，怒吼一声，恍若霹雳，大有要将迎面而来的狻猊撕裂之势。顷刻之间，悟空倒向地面，变成了一头大象，其象鼻长如蛇，牙齿壮似笋，牛魔王难敌大象，终于露出了原形——一头大白牛。只见那白牛头如高峰，眼似闪电，两只牛角如同一对铁塔，从头到脚足有千余丈之长，自蹄至背则有八百丈之高，他大声喊道："泼猴，现在你能奈我何！"

悟空随即也现出本来面目，他大喝一声"你看好了"，眼看着就变得身高万丈，头似泰山，眼如日月，口若血池，愤然挥起金箍棒，打向牛魔王。牛魔王用角接住那一棒，这二人便继续在半山腰上恶战不止。那骇人气势真可谓是山崩地裂，翻江倒海，天地仿佛都要因他们这一战而被颠覆……

那是何其壮观的景象啊！我看着便松了一口气，更打消了出手帮忙的念头。我并非不担心孙行者会输，只是要往那样一幅完美的名画上，添我这拙劣一笔的话，可就太叫人羞愧了。

灾难在悟空的那团火面前，就像是油。遭遇困难时，他全身上下（精神及肉体）就会熊熊燃烧起来。相反，平安无事的时候，他会表现得出奇地无精打采。他就像陀螺，如果不一直保持高速旋转，就会倒下去。在悟空眼中，艰难的处境就像一张地图——抵达目的地的最短路线，早已被用粗线标记出来的地图。当他在了解现实事态的同时，属于他自己的那条通往目的地的路，就已然清晰地呈现在他眼前。更准确的说法或者是，除那条路之外的一切，他全都看不见。就像在黑夜中发光的文字，他脑海中只会浮现出必要的路径，却看不到其他事物。当我们这些愚笨的人还茫然地整理不清思路时，悟空早已开始行动，朝着通往目的地的最短路程前进。人们常常说起他的英勇与神力，却意外地对他那惊人的天才般的智慧并不了解。在他身上，思考与判断的过程实在太过浑然一体，并且会迅速融入他的行动中去。

106 ·

　　我知道悟空有文盲的一面。他曾经被任命为天宫里养马的弼马温，不过他既不认识"弼马温"这三个字，也不知道这官要做些什么，他就是这么没文化。但是，我觉得悟空（与他的神力融为一体）的智慧与判断力之高是任何人都无法比拟的。我还认为他的学识也很高，至少在动物、植物、天文方面，他的知识相当丰富。大多动物他只要看一眼，就能看透其性情、攻击能力及其主要武器的特征等。就连杂草中哪种是药草，哪种是毒草，他也相当了解。不过，他对那些动物和植物的名称（世间通用的一般名字）却一无所知。他还擅长通过星星的位置来判断方位、时间和季节，但却不知道"角宿""心宿"是什么。这跟能记住二十八宿中所有星象名字，却分不清实物的我相比，是多么不同啊！在这只目不识丁的猴子面前，我总能体会到建立在文字之上的学识是多么悲哀。

　　悟空身体的每一个部分——眼睛、耳朵、嘴、脚、手——仿佛每时每刻都保持着无比快活的状态，生机勃勃、充满活力。特别是在战斗时，他身体的各个部分会变得异常快乐，就像夏天里聚集在花丛中的蜜蜂，一齐发出欢呼声。或许正是出于这个原因，悟空那不乏认真气魄的战斗身姿中，才总会带有一种游戏般的趣味。人们常说"要做好战死的心理准备"，但悟空绝不会做这种准备。不管陷入怎样的险境，他只会担心自己此刻所做之事（打退妖怪，或是救出师父）的成功与否，而从不考虑自己的生命安危。无论是在太上老君的八卦炉里快被烧死时，还是遇到银角大王的泰山压顶，快要被泰山、须弥山和峨眉山这三座大山压死时，他都绝不会为自己的生死而发出悲鸣。

他最痛苦的经历，要数被小雷音寺的黄眉老祖扣入那不可思议的金铙之中那一次。那金铙不管是推还是撞都打不破，即便悟空想变大冲破金铙，那金铙竟也会随着他的身形一起变大，悟空缩小，它便也随着一起缩小，着实是让人无从应对。悟空拔下身上的毫毛，将其变成锥子，打算在金铙上钻出个洞，可那金铙却始终完好无损。不只如此，它还拥有让东西化成水的法力，当悟空的屁股就要变软时，他却还只顾着担心被妖怪抓走的师父的安危。悟空对自己的命运，可是拥有无穷的自信（尽管他自己似乎并没有意识到这种自信心）。不久，从天界下来帮忙的亢金龙，用他那铁一般的犄角，使尽浑身神力，终于扎穿了金铙。然而，他的角虽然扎进了金铙里，但那金铙就像人的肉一样，把亢金龙的角缠得死死的，一丝缝隙都没有留。哪怕有能漏出风的那么一线细缝，悟空就能变身成一颗芥子粒逃出来，可金铙上却连那么一点缝隙都没有。悟空苦心思索着，眼看他的半个屁股就要化掉时，他终于从耳朵里掏出了金箍棒，将其变成金刚钻，在亢金龙的角上钻了个孔，随后把自己变成芥子粒，藏进孔里，再让亢金龙把角拔出去，这才终于脱险。待他逃出金铙时，也顾不得自己那已经变软的屁股，便即刻赶去营救师父。直到事后，他也从未感叹过当时有多危险，恐怕他就从来没有过"危险"或"快不行了"的感觉吧。他肯定没有担忧过自己的寿命长短或生命安危。如果他也会死，定是在不自知的情况下突然死去吧，直到临死前的那一瞬间，他肯定还在精力充沛地横冲直撞。他这一生啊，着实给人宏大之感，却又毫无悲壮之色。

人们常说猴子喜欢模仿人类，可悟空这只猴子从来不会这么做。别说模仿别人了，如果有人要强迫他接受某种想法，哪怕那想法在几千年以来，赢得过数万人认同，如果没能让他充分信服，他就绝对不会接受。

陈规惯例也好，世间的名声也好，在这只猴子面前都毫无权威性。

悟空现在的一大特征，就是绝不会谈起过去。或者说，他像是把过去经历过的一切都忘却了。至少可以说是忘了那一件又一件具体的事，取而代之的是，每一次经历赋予他的教训，都被他吸收进血液里，迅速化作精神与肉体的一部分。因此，他已经没有必要一直记着那些经历，单从他在战略上，绝不会将相同的错误犯两次来看，就能确信这一点。而且，他也完全忘了那份教训是来自何时何事的痛苦经历。这只猴子就是有这样一种在无意识间将所经历之事完全吸收内化的奇特能力。

不过，他也有一段永远无法忘记的可怕经历。有一次，他曾颇为感慨地向我讲起当时那种可怖的感受。那是他第一次遇到释迦牟尼如来的时候……

那时，悟空还不知道自己能力的界限何在。当他脚踩藕丝步云履，身穿锁子黄金甲，挥舞着从东海龙王那儿夺来的一万三千五百斤重的如意金箍棒战斗时，天上地下都无人能与他匹敌。他扰乱了众仙云集的蟠桃盛会后，便被关进八卦炉受罚，然而他又打破火炉跑了出去，在天宫中大闹一番。他横扫过成群天兵，又同率领三十六员雷将的大将佑圣真君，在灵霄殿前大战了半日有余。就在这时候，带着迦叶、阿难两位尊者的释迦牟尼如来恰好经过，他挡在悟空面前，中止了他们的争斗。悟空愤怒不已，极力辩解，如来却笑道："你看起来神通广大，到底是如何修炼而成的呢？"

悟空答道："我是从东胜神洲傲来国花果山的石头里蹦出来的，你竟然不知道我的厉害，哎呀呀，你可真是个蠢物。我早已修成长生不老之法，还能腾云御风，一瞬之间就能飞到十万八千里之外。"

"休打诳语。十万八千里不过就在我手掌之间，我看你连我的掌心都飞不出去。"

"你说什么！"悟空大怒，即刻跳到如来的手掌上，"凭我的神通，可是能飞出八十万里，怎么可能飞不出你的掌心！"

话音未落，悟空就驾上了筋斗云，转眼之间，自觉已飞到二三十万里之外，在那里，他看到五根粗壮的红柱子。悟空走上前去，在正中间的那根柱子上，用墨写下了"齐天大圣到此一游"几个漆黑大字，随后再次打了个筋斗云，飞回到如来的掌心，扬扬得意地说道："别说是你的手掌了，我刚才飞到了三十万里之外，还在那柱子上留下了记号！"

"愚蠢的猴头！"如来笑道，"你那神通有何用呢？你方才不就在我的掌心里走了个来回吗？你若不信，看看我这手指就明白了。"

悟空自是不信，他仔细看去，发现如来右手的中指上，竟然有墨迹很新的"齐天大圣到此一游"几个字，而那字迹正出自他的手笔。

"这是？"悟空惊诧地仰头去看如来，怎料如来那一直微笑着的面容消失了，他的目光突然变得严肃起来，目不转睛地狠狠盯着悟空，顷刻间，他的身体扩大到足以遮蔽天空，并向悟空身上压来。此时的悟空顿感毛骨悚然，仿佛全身的血都被冻僵了，当他慌慌张张地正想跳出如来的掌心时，只见如来手掌一翻便抓住了他，随后，如来的五指化作五行山，把悟空压在山下，并将"唵嘛呢叭咪吽"的六字真言金字帖，贴在了山顶上。

世界就此天翻地覆，悟空陷入迷惘，仿佛刚才的自己并非从前的那个自己，他的身体仍然颤抖个不停。事实上，从这件事开始，世界对他而言就发生了彻底的改变。

此后，他饿了就吃铁块，渴了就喝铜汁，直到赎罪期满为止，只能一直被困在山洞里等待着。悟空从曾经极度的增上慢①，突然沦为极度缺乏自信。他变得胆怯起来，有时还会因为太过痛苦而不顾羞耻地放声大哭。五百年后，当前往天竺的三藏法师偶然经过五行山，揭下山顶的咒符，帮悟空重获自由时，他再次哇哇大哭起来。不过这一次是喜悦的泪水。悟空会跟随三藏法师前往遥远的天竺，也只是因为这份喜悦和被救的感激，一种非常纯粹，且至为强烈的感激之情。

如今想来，被释迦牟尼制伏后的那种恐怖感，就像是给悟空这个庞大的（并非善恶层面的）存在，施加了一个地面上的限

---

① 佛陀对慢的七种分类之一，指以自己证得增上之法（卓越法门）等而起的慢心，认为自己胜过他人。

制。而且，为了让这个化作猴子外形的巨大存在，变得有助于地上人们的生活，他必须被压在五行山下五百年，凝集成更小的形态。不过，如今这个形态小巧的悟空，在我们眼中却是多么神通广大、巨大而完美的存在啊！

三藏法师是位不可思议之人。他非常柔弱，弱到令人震惊。他根本不懂变身之术，在途中遭遇妖怪袭击时，他总是立马就被逮走。与其说他柔弱，倒不如说他完全没有自我防卫的本能。然而，这位不争气的三藏法师，却能同时吸引住我们三个，这到底是为什么呢？（会思考这种事的只有我，因为悟空和八戒都是不由自主地对师父充满敬爱。）我在想，或许我们是被藏在师父那份柔弱背后的悲剧性所吸引了吧。因为，唯有这一点，是我们这些由妖怪变成的人身上所绝对没有的。三藏法师非常清楚自己（或者说是人类、生物）在这偌大世界中所处的位置——这个位置的可悲及可贵之处。而且，他在忍受着这种悲剧性的同时，还在勇敢地追求正确而美好的事物。我们没有，而师父所拥有的正是这一点。诚然，我们确实比师父更有力气，也多少懂得些变化之术，但是，当我们一旦看清自己所处位置的悲剧性，就绝对无法继续认真踏实地过着正确、美好的生活。柔弱的师父心中的这份珍贵的坚强，着实令人惊叹。我想，这种在柔弱外表包裹下的内在的尊贵，正是师父的魅力所在。

说实在的，跟悟空那个行动力超强的天才相比，三藏法师在应对实务方面是多么愚钝啊！不过，他们两个人的人生目标并不相同，因此存在这种差距也不成问题。当遭遇外部困难时，师父不会向外去寻找解决之道，而是向内寻求答案。换句话说，他会让自己的内心做好经受那些困难的准备。不，即便在紧要关头，慌张得无从应对，他也早已在平时就做好了不会因外部遭遇而让内心动摇的准备。师父已经练就无论在何时何地贫苦而死，都能感受到幸福的心态。因此，他不再需要向外部寻求解决之道。在我们看来，师父那充满危险的处境，以及肉体上的毫无防备，在他自己心里，却并没有太大影响。悟空虽然看起来非常厉害，但这世上或许依然存在着凭借他的天才也无法解决之事。但是，在师父身上无须这种担心。因为对师父而言，并不存在必须被解决的事。

悟空这人会大怒却并没有苦恼，会高兴却没有忧愁。他对活着这事持单纯的肯定态度，这并不叫人意外。而三藏法师呢，他体弱多病，柔弱到毫无防备能力，并且要终日承受妖怪们的迫害，但即便如此，师父依然愉快地肯定着他的人生。这难道不是件非常了不起的事吗？

有意思的是，对于师父比自己厉害这一点，悟空并不理解，他只觉得自己是不明缘由地离不开师父。他觉得自己心情不好时还会跟着三藏法师，都是因为紧箍咒（悟空头上套着一个金环，当他不听三藏法师的话时，师父一念咒，这个环就会嵌进肉里，勒紧他的脑袋，令他痛苦不堪）。而且，他虽然总是抱怨三藏法师是个"让人操心的师父"，但他总会从妖怪手中把师父救出来。

"那么危险，我实在看不下去。师父怎么那么弱呢！"当悟空说着这番话时，仿佛是在自大地对弱者施以怜悯，但他自己并不知道，在他对待师父的态度中，还掺杂着许多所有生物都会有的对于强者的本能的敬畏，以及对于美与尊贵的憧憬。

　　更有意思的一点是，师父并不认为自己比悟空优越。每当他被悟空从妖怪手里救出来时，总会流着眼泪感谢悟空："你要是不来救为师，为师就要一命呜呼了！"但实际上，不管什么妖怪想吃师父，他的性命最终都不会受到威胁。

　　这两个人就在不了解彼此真正关系的情况下，彼此敬爱着（当然，偶尔也会有些小争吵），而我则从旁饶有兴致地关注着这一切。我还注意到，这两个个性完全相反的人身上，存在着一个共同点——他们都认为自己人生中被赋予的东西拥有完全必然性，并将这种必然性视作一种自由。据说外表截然不同的金刚石和木炭是由同一种物质构成的，他们两个人的处世态度，看似比金刚石和木炭之间的差别还要大，但却同时建立在这种接受现实的方式上，这一点着实有趣。而这种"必然与自由的等价"，不正是他们身为天才的象征吗？

　　悟空、八戒和我，是彼此间完全不同的三个人。譬如在日暮时分找不到投宿地点，大家一致决定在路边的破庙里住一夜时，我们三个其实是基于各自不同的想法而达成一致意见的。悟空认为这个破庙正是适合打退妖怪的好地方，因此主动选择了这里。八戒则是觉得这么晚了再找其他地方太麻烦，他只想快点进屋里吃上饭、睡上觉。而我想的是："反正这附近到处都是邪恶的妖怪，既然到哪儿都会遇上灾难，倒不如就把这里选作灾难发生的地点吧。"如果三个人类聚在一起，也会像我们这样各怀心思吗？真是再没有比人类的处世态度更有意思的东西了。

　　猪悟能八戒虽然被孙行者的光芒遮蔽得没什么存在感，但他无疑也是一个独具特色的人。暂且不说别的，这头猪对自己的生命以及这个世界，真是充满了无穷的热爱。他的嗅觉、味觉、触觉，都在表达着对这个世界的迷恋。

　　八戒曾对我说过这样的话："咱们去天竺是为啥呢？是为了修善业，来世投生到极乐世界吗？可是，所谓的'极乐世界'到底是什么地方呢？成天只能坐在莲花上晃晃悠悠的，那不是没办法的事吗？在极乐世界，也能体验到边吹热气边吸热汤的快活吗？能感受到嚼着嘎吱嘎吱响的脆皮喷香烤肉的满足吗？如果没有这些，只能像故事里讲的神仙似的靠吸雾活着，啊，那俺可不乐意，俺可不要。那种极乐世界，俺才不愿去呢！在这个世界，虽然有时候得吃苦，但是还有能让人忘了那些苦的特别快乐的事，这才是最幸福的呢。反正俺老猪是这么觉得。"

　　随后，八戒又开始向我细数这世间的一件又一件乐事——夏天树荫下的午睡、小溪流里的凉水浴、月夜里的吹笛声、春晓时分的懒觉、冬夜的围炉畅谈……他竟然一下子列举出这么多这么有趣的事！特别是说到年轻女人的肉体之美，以及各个季节的时令美味时，他的话就总是说得没完没了。他实在是把我吓了一跳，因为我从没想过这世间竟有这么多快乐的事儿，而且还有人能把这么多快乐都体验了个遍。我这才意识到，原来享乐也是需要天赋的，从此以后，我就不再轻视这头猪了。但是，随着跟八戒的交流变多，最近我发现了一件奇怪的事——在八戒的享乐主义背后，偶尔能让人窥到一种可怕的阴影。"要不是敬重师父，害怕那孙行者，这么辛苦的旅行，我早就放弃了。"八戒嘴上虽是这么说，但我发现在他享乐家般的外表下，却潜藏着战战兢兢、如履薄冰的心思。

从某种意义上来说，这趟天竺之旅对这头猪（也是对我）而言，都无疑是在幻灭与绝望的尽头所能抓住的最后一根救命稻草。不过，现在并不是沉迷于考察八戒享乐主义秘密的时候。总之，眼下我必须从孙行者身上学习各种各样的东西，我没时间去顾虑其他事情。三藏法师的智慧，以及八戒的生活态度，这些都要放在学习完孙行者的本事之后。到现在，我几乎还没从悟空身上学到任何东西。离开流沙河之后，我到底进步了多少呢？我还依然是从前的那个吴下阿蒙吗？我在这趟旅途中的职责，对了，就是在平安无事的时候，拦住悟空的过火行为，规劝八戒每日的懒惰行为，不就是这些吗？除此之外，我再没有起过任何积极作用。像我这样的人，不论降生在什么时代、什么世道，都只能做个调和者、忠告者和观察者，而无法成为一个行动者吗？

每当看到孙行者的行动，我就不禁开始思考："熊熊燃烧的烈火，并不知道自己正在燃烧。当你觉得自己正在燃烧时，实际上并没有真正燃烧起来。"看着悟空那无拘无束的身姿，我总在想："所谓自由的行动，就是不得不做的事在心里酝酿成熟后，自然而然地呈现到外部的行动。"但是，我还一直停留在思索阶段，一次都没有跟随悟空行动过。我心里想着要多向他学习、多向他学习，但面对自己跟悟空气场之间的巨大差距，以及悟空的粗暴性情，我始终无法放下畏惧心去靠近他。其实，说实话，悟空这人不管怎么看，都不算是个好师兄。他不懂得关照他人的情绪，只会对人一通怒骂，他总以自己的能力为标准去要求他人，一旦别人达不到他的期望，就会被他责骂，这实在叫人无法忍受。不过，其实他并未意识到自己能力的非凡程度，他心眼并不坏，绝非有意为难人，这一点我们非常清楚。只是他无法充分理解弱者的能力为何弱，因此，他对于弱者抱有怀疑、顾虑、不安等情绪，完全不会施以同情，而总是不耐烦地大动肝火。如果悟空不会因为我们的无能而发火，他其实是个十分善良，孩子似的天真的人。八戒老是睡过头、爱偷懒，变身还总出错，时常惹得悟空发火，相比之下，我不太惹他生气，这都是因为我一直跟他保持着一定距离，又很少在他面前暴露缺点。如果一直这样下去，我永远学不到任何东西，我必须离悟空更近，不管他的粗暴脾气多么令人难以忍受，我应该不断接受他的斥责、痛打、谩骂，并且敢于骂回去，我一定要从那只猴子身上学到所有本领。如果一直这么远远眺望着赞叹着，我就什么都学不到。

深夜，我独自醒来。

今晚我们没找到投宿的地方，只能在山阴处溪谷间的大树下铺着杂草，和衣而睡。悟空独自睡在一旁，鼾声大到能在山谷间回响，他头顶上方树叶的露水，也随之哗啦啦地往下掉。眼下虽说是夏天，但山里入夜后还是略带寒意。此刻一定已经过了三更天，我醒来后就一直仰面躺着，从树叶的缝隙间，望着天上的星星。孤寂，我莫名地感到无比孤寂。感觉好像只有我一个人站在那颗孤单的星星上，注视着那漆黑、冰冷、空无一物的世界的夜空。从很久以前开始，星星就总会让我想到永远，想到无限，因此我不大喜欢它们。但因为我现在正仰卧着，即便不情愿，也总会看到那些星星。在一颗蓝白色的大星星旁边，有一颗红色的小星星，而在其下方很远的地方，还有一颗略带黄色，看起来很温暖的星星，每当夜风吹动树叶时，它就会若隐若现。流星拖着尾巴，消失在天边。就在这时候，我不明缘由地想起三藏法师那澄澈寂寥的双眼，那双仿佛总是凝视着远方，对任何事物都充满怜悯的眼睛。他究竟在怜悯些什么呢？平时我总是猜不到答案，但是此时此刻，我觉得自己好像突然明白了。师父一直在凝望着永远，同时也清清楚楚地凝望着与永远相对而立的，这地上一切生灵的命运。师父那怜悯的目光，或许正不停地、沉默地注视着那些在不知何时会降临的灭亡面前，依然灿烂绽放的睿智、爱情，以及数不胜数的美好之物吧。望着星星，我不由得想到这些。

我坐起身，探头看向睡在旁边的师父的脸庞。我久久地凝视着他那安详的睡脸，听着他那平静的呼吸，感觉内心深处仿佛有什么被突然点亮，微微暖意随即四处弥漫。

——选自《我的西游记》

妖氛录

她是个少言寡语，极其矜持的女人，毫无疑问，她是个美人，然而她那举止颇少，木偶一般的美貌，有时却看似痴傻。对于因自己而给周遭的人和事引来的麻烦，她总是投以惊讶的目光，就好像全然没有意识到那些麻烦皆因自己而起，又或者，她是了然于心却佯装出一副一无所知的模样。即便她有所察觉，是为此而感到骄傲，抑或困扰，还是在暗自嘲笑那些愚蠢的男人呢？任谁都无从知晓。只是，她的脸上从未露出过骄傲的神色。

在她犹如工艺品般沉静的脸上，偶尔会忽然闪现出一种耀眼的华美。如同雪白冰冷的石龛内突然亮起的明灯，眼看着她的耳朵变得赤红，而在那一抹红宝石色之上，她漆黑的双眸闪烁出娇媚、水润的光彩。只要身体里的那盏灯被点亮，这个女人就不再是世间寻常的女子。据说，曾领略过她此刻风姿的为数不多的男人，都在非同寻常的愚蠢中迷失了自我。

陈国大夫夏御叔的妻子夏姬，是郑穆公之女。周定王元年（公元前606年），其父死后，夏姬的兄长公子蛮继承父业，然而在翌年便死于非命。陈灵公与夏姬的关系恰始于此时，这已是很久以前的事了。夏姬并非是受到荒淫君主的强迫才如此，对她而言，这种苟且之事就像水往低处流一样来得自然而然。没有兴奋，也没有后悔，一切只在不知不觉间就发生了。夏姬的丈夫夏御叔，是个典型的没志气的老实人，他似乎隐约察觉到了妻子的所作所为，却没有采取任何行动。至于夏姬，她不觉得自己愧对丈夫，但也并无轻蔑之意，她只是对待丈夫又比往日温柔了许多。

一日，陈灵公在朝上与上卿孔宁和仪行父玩笑，竟将自己的内衣在两人面前晃了一晃。那是件娇艳的女式内衣，孔宁、仪行父见后大吃一惊，因为他们俩身上也正穿着一模一样的夏姬的贴身内衣。灵公知道他们与夏姬有染吗？这两人自是清楚彼此的状况，既然灵公只给他们俩看夏姬的内衣，想来是已经知道他们与夏姬之间也有往来吧。面对国君的玩笑，以谄媚的笑容来回应是否妥当呢？这二人诚惶诚恐地窥视着灵公的神色，而他们所看见的只是一张毫无企图、淫荡而沾沾自喜的笑脸。孔宁和仪行父这才舒了口气，放下心来。数日后，这两个人竟大胆地向灵公展示起各自身上娇媚的内衣。

一位名叫泄冶的耿直之士向陈灵公直言进谏："公卿宣淫，民无效焉，且闻不令，君其纳之。"（国君和臣子若是宣扬淫乱，下边的百姓就无所效法。而且最重要的是，这事传出去很不体面，还请君主收起夏姬的贴身衣物。）

事实上，当时的陈国夹在晋、楚两大强国之间，若是依附于一方，就定会遭受另一方侵略，绝非可以耽于女色的时期。"我能改过。"灵公只说了这么一句道歉的话。然而，孔宁、仪行父二人却主张必须铲除这个无惧君主之臣。灵公对此并未反对，第二天，那位泄冶便不知被何人刺杀了。

不久后，夏姬的那位老实人丈夫夏御叔也莫名其妙地死了。

在灵公与两位上卿之间，几乎并不存在嫉妒这种情感。笼罩在夏姬周围的魅惑气息，早已将他们麻痹到无暇心生妒意。

一日，这三个鬼迷心窍的男人聚在夏姬家中喝酒时，夏姬的儿子夏徵舒打他们面前经过。望着夏徵舒的背影，灵公对仪行父说："徵舒长得像你！"仪行父立马笑着应道："哪里哪里，是像国君您才对啊。"

这二人的对话，清清楚楚地传进青年夏徵舒耳中。对父亲之死的疑惑，对母亲生活作风的愤懑，以及从自己的命运中感受到的屈辱，一时间全部化作烈火，在他心中燃烧了起来。酒宴告终，灵公正向门外走去时，一支箭突然飞来，刺进他的胸口。此刻，远处马厩的暗影之中，夏徵舒炽热的眼神正窥视着这一幕，他那在绝望的愤怒中颤抖不停的手，已将第二支箭搭上弓弦。

孔宁与仪行父惊慌失措得连家也没敢回，即刻便逃往楚国避难去了。

依照当时风习，一国若起纷乱，其他强国必定会借平息纷乱之名，向该国发起侵略。听闻陈灵公被杀，楚庄王当即率军进入陈国都城。夏徵舒被抓，并于栗门被处以车裂之刑。作为陈国这场骚乱的根源，夏姬从一开始就吸引了楚国将士们的好奇心，他们想象中的夏姬拥有恶毒的妖妇面容，因此，当大家看到她意外平凡而文静的相貌时，有些人甚至大失所望。就像一个对自己的行为无法承担任何责任的幼童一般，对于这场亡国骚乱，唯有夏姬一人显得那样天真无辜。就连唯一的儿子遭受酷刑，似乎也并未让她的内心动摇半分，面对接连不断出现在面前的君王及其卿大夫，夏姬只是腼腆地垂下双眸。楚庄王凯旋时还带回了夏姬，意欲将其纳入后宫。

一位名叫屈巫（又名巫臣，字子灵）的人劝谏道："不可。贪色为淫，淫为大罚。《周书》曰：'明德慎罚。'君其图之。"（不可，国君此次是以诛灭逆臣，匡扶大义之名起兵陈国。现在若是纳夏姬为妃，即便被世人说成是因贪图淫色而起兵也无计可施。《周书》上说"明德慎罚"，还望国君三思。）楚庄王虽好色，却更是一位充满野心的政治家，因此他当即采纳了巫臣的谏言。

随后，令尹①子反又想娶夏姬为妻，巫臣再次劝阻道："夏姬岂非不祥之人？其兄长因她而死，她还杀死丈夫，弑杀国君，害死儿子，又令两位大臣出逃，更使陈国灭亡。可还有女人不祥如此？天下美人众多，何必拘泥于她一个呢？"出于莫名其妙的虚荣心，子反勉勉强强地断了这个念头。最终，夏姬被赐给了连尹襄老，她顺从地做了襄老的妻子。天下再没有人像夏姬这般，能如此顺从于命运所赐予的一切，然而在不知不觉间，连她自己也不曾察觉，命运强加给她的那些东西又因她而变得疯狂、浑浊。

翌年，周定王十年（公元前597年），晋楚大军在邲地对战，楚军大败晋军。连尹襄老在此役中战死，尸体也被敌人带走。

襄老的儿子黑要，此时已长成一位健壮青年。还穿着丧服的夏姬与黑要，一个忘了丈夫的死，一个忘了父亲的死，不知何时竟沉溺于暧昧的愉悦之中。

之前曾向楚庄王和子反谏言的申公巫臣，这时开始慢慢接近夏姬。身为一个老谋深算的策略家，他并未急于立即独占夏姬，

---

① 楚国在春秋战国时代的最高官衔。

而是不惜重金在夏姬的故国郑国设下一计，毕竟以他现在的立场，显然不可能在楚国境内迎娶夏姬。不久后，郑国来使告知楚国，连尹襄老的尸首将由晋国送至郑国，还请夏姬来郑国接回亡夫尸首。楚庄王对此事真伪生出一丝疑惑，于是召来巫臣征求意见。

"臣认为此话不假。"巫臣答道。

"在邲之战中抓获的俘虏里，有一个叫智罃的人，晋国定是想要回此人。智罃的父亲是晋侯宠臣，且他们一家在郑国相识众多，此次晋国定是想借郑国从中斡旋，跟我们交换俘虏吧。如此看来，被晋国俘获的公子谷臣，以及连尹襄老的尸首都会被还回来。"

楚庄王首肯，让夏姬回了郑国。夏姬此时早已知晓巫臣的计策，临行时她对身边的人说："若是拿不到丈夫的尸首，我就不回来了。"然而没有一个人把这句话理解成"因为不可能拿回丈夫的尸首，所以我不会再回来了"。被一身黑色丧服遮掩住平日美貌的夏姬，看起来确实像一位要去取回亡夫尸首的未亡人。与黑要匆匆告别后，夏姬一抵达郑国，巫臣派出的密使紧随其后也到了郑国，并带去巫臣想要迎娶夏姬的口信。郑襄公应允了这桩婚事，不过，夏姬此时还尚未真正成为巫臣之妻。

楚庄王死后，共王继位。共王欲与齐国结好，一起攻打鲁国，便派巫臣出使齐国，告知出师时间。巫臣打点好全部家产后出发。途中，一个叫申叔跪的遇到了巫臣，他颇感异样地说道："此人有肩负军事重任的戒惧之心，却又流露出荒淫喜悦之色，真是不可思议。"

巫臣抵达郑国后，命副使带着国礼返回楚国，自己则独自带着夏姬离开了。夏姬脸上并不见喜色，她只是跟着巫臣行事而已。巫臣本想前往齐国，然而，齐国刚刚在鞍之战中败给晋国，他便转而投奔晋国。经重臣郤至从中斡旋，巫臣被任命为邢大夫，开始为晋国效力。

自己本想娶夏姬，却遭巫臣阻拦，而现如今，夏姬却被那个巫臣抢去了，这令楚国的子反咬牙切齿，悔恨不已。他拿出重金在晋国各方奔走，打算阻断巫臣的仕途，却并未如愿。气急败坏之下，子反残忍地杀害了子阎、子荡在内的巫臣一族，以及夏姬的继子黑要，并夺走了巫臣的家产。即便如此，子反依然一副怒气难消的模样。

巫臣得知此事后，即刻从晋国送去书信诅咒子反，并誓言定将复仇。他向晋侯请命亲自出使吴国，结晋吴之好，以夹击楚国。由此，位于楚国南部的属国巢和徐遭受了吴国侵略，子反忙于防御，一年之中竟七度出征。数年后，因鄢陵一地的败仗，子反引咎自刎。

成为巫臣之妻后，夏姬看起来终于安定了下来。她努力抑制自己，绝不违逆天意。如果说这就是昔日搅扰了陈、楚二国安宁的妖妇，实在让人难以相信。然而，巫臣并没能安下心来。从很久以前开始，夏姬就是这样的女人，她仿佛从不会变老，如今分明已年近五十，肌肤却仍旧如处子般润泽。她这不可思议的年轻面容，现在却成了令巫臣烦心顾虑的种子。他曾派婢女童仆去监视夏姬，但他们汇报的内容却总是在为夏姬的贞洁贤淑打包票。巫臣并不是能够全然相信那些话的良善之辈，也尚未超脱到能停下这些秘密的监视。他究竟是怀着怎样的心情去追求那个女人的呢？这反倒成了一个难解之谜。顾虑到之前襄老的儿子黑要跟夏姬的关系，巫臣对自己那些已经成人的儿子也不得不小心提防。
他让自己的儿子狐庸长期留在吴国，就是出于这种顾虑。

　　一想到自从贞洁贤淑的夏姬来到家中后，自己的周遭就变得
落寞起来时，巫臣愕然。他以巧妙计策赢过其他竞争者，以为自
己终于顺利地将夏姬据为己有，然而被据为己有的究竟是谁呢？
他觉得自己已不再渴求夏姬。当初的自己与如今的自己，已然判
若两人。唯有昔日想要拥有那个女人的意志，从自己体内独立了
出去，变成一种习惯残存至今，且直到现在还想掌控一切，巫臣
如是想。

　　近来，他不得不承认自己的生命已然疾驰在下坡路上，他能
清晰地意识到自己的精神和肉体正在衰竭。一日，在黄昏微光之
中，当他望着端坐一旁的夏姬身影，恍若看到一只妖气吐尽的白
狐时，便开始清醒地意识到，自己命中注定要为这个女人付出高
昂的代价。巫臣不禁栗然，然而在下一瞬间，一种不知为何的滑
稽感，不明缘由地涌上他的心头。巫臣感到，他这一生的虚无，
正冷眼旁观着他此时此刻被操纵而出的荒唐举动（白狐一般的夏
姬终究也是被操纵着而已）。

　　操纵他们的东西仿佛附体到了巫臣身上，只见他不明所以地
放声大笑起来。

牛人

　　鲁国叔孙豹年轻时，曾因避乱一度流亡齐国。前往齐国途中，他在鲁国北部边境的庚宗遇见了一位貌美的妇人。叔孙豹对其一见倾心，并共度良宵，第二天早晨便告辞进入齐国境内。等到他在齐国安定下来，并娶了大夫国氏之女为妻，又有了两个儿子之后，早已将当年发生在旅途路边的一夜姻缘忘得一干二净。

　　一夜，叔孙豹做了个梦。梦中，他被笼罩在沉闷的空气中，不祥的预感在寂静的房间里四处弥漫。突然，天花板悄无声息地开始向下坠落，落得极其缓慢，但又确确实实正在一点点向下坠落。房间里的空气也一点一点地浓稠凝滞，令人窒息。叔孙豹虽然想逃，身体却仰卧在床上，怎么也动弹不得。漆黑的天空正如磐石般压在天花板之上，这本不可能看到的景象，他却看得清清楚楚。终于，天花板近在眼前，就在那难以承受的重量向胸口迫近时，他忽地瞥向一旁，只见一个男人正立在那里。那人周身黝黑，身形佝偻，眼窝深陷，嘴巴如野兽般突出。从整体来看，他活像一头大黑牛。

　　"牛！救救我！"

　　叔孙豹不由自主地大声呼救，那个周身黝黑的人应声伸手，将从天而降的无限重量支撑了起来，而他的另一只手则轻轻抚过叔孙豹的胸口，一瞬间，方才的那种压迫感便消失无踪了。

"啊，太好了。"当叔孙豹脱口而出时，他也终于从梦中醒了过来。

第二天早晨，叔孙豹将家中随从仆人聚集到面前一一看过，却并未发现有人长得像梦中的那个牛人。之后，他也暗中留意着进出齐国都城的人们，却始终没有见到长得像牛人的人出现。

数年后，故国再次发生政变，叔孙豹将家人留在齐国，匆匆赶回鲁国。后来，他在鲁国朝廷出任大夫，准备将妻儿一并接来时，怎料妻子早已同齐国的一位大夫私通，根本不想再回到丈夫身边。最终，只有孟丙、仲壬两个儿子回到了父亲身边。

一天早晨，一个女人拎了只山鸡前来拜访。起初，叔孙豹完全想不起来此人是谁，但交谈片刻后，他即刻明白了，来人正是十多年前逃亡齐国途中时，在庚宗与自己有过一夜姻缘的女人。叔孙豹问她是否独自前来，女人便说是带着小儿子一同来的，而且他正是叔孙豹的孩子。当女人将这孩子带到叔孙豹面前时，他"啊"的一声大叫，只见那孩子肤色黝黑，眼窝凹陷，且身形佝偻，像极了在梦中救过自己的黑色牛人。叔孙豹不禁开口叫道："牛！"然后那个肤色黝黑的少年就满脸惊讶地应了一声。这令叔孙豹越发吃惊，他随即问少年姓名，只听对方回答道："我叫牛。"

叔孙豹当即决定留下母子二人，并让少年做了仆竖（侍童）。由此，这位长相似牛的少年直到长大之后，也一直被唤作竖牛。竖牛有着与他容貌不符的小才，他非常能干，只是成日阴郁着脸，也不会跟其他侍童一起玩耍，只有在主人面前，他才会露出笑脸。叔孙豹非常疼爱竖牛，待他长大后，便将家中的一切事务都交由他打理。

竖牛那张眼窝凹陷、嘴巴突出、肤色黝黑的脸上，难得露出一笑时，总是充满了十分滑稽的可爱之态。在他人眼中，能露出如此滑稽表情的人，应该不会搞出什么阴谋诡计，不过，这是他在长辈面前才会流露的神情。当他板起脸沉思时，脸上总会浮现出一种非人般的怪异的残忍神色，令同伴们个个望而生畏。即便是在无意识之下，竖牛似乎也能灵活自然地运用好这两张面孔。

尽管叔孙豹对竖牛无比信任，却从未考虑过要变更继承人。在处理私事或管理家务方面，竖牛都无可挑剔，但作为鲁国名门的一家之主，从仪表风度上来看，竖牛还难承重任。竖牛自然也明白这些，对叔孙豹的儿子们，特别是从齐国接回来的孟丙和仲壬，他总是极尽殷勤之态。而他们对竖牛的态度，不过是几分悚然及大半轻蔑。虽然竖牛很受父亲宠爱，这两个儿子却并不嫉妒，因为他们对自己与竖牛之间的品质之差颇为自信。

鲁襄公过世，年少的昭公继位时，叔孙豹的身体开始日渐衰弱。自从去丘莸狩猎归来，染上恶寒，卧病在床之后，他就变得腰腿无力，不能再起身行走。此后，从照料生活到传达命令，叔孙豹将一切事务都交由竖牛负责。然而，竖牛对孟丙他们的态度却变得越发谦恭。

叔孙豹在因病卧床之前，就决意要为长子孟丙铸造一口钟，他当时说："你与鲁国诸位大夫还没有来往，等这口钟铸好，就借庆典之名，设宴款待各位大夫吧。"这话显然是要让孟丙做自己的继承人。叔孙豹卧病后，这口钟终于制作完成，孟丙便打算让父亲定下当初提及的宴会的具体日期，于是让竖牛代为传话。只要没有特殊事项，除竖牛之外的任何人都不能进出病室。竖牛听过孟丙的请求后进了病室，却并未向叔孙豹转达此事。不多时，他走出病室，假借主人之名，给孟丙胡乱指定了一个日期。于是，在指定的这一天，孟丙招来宾客，设盛宴款待，并第一次敲响了那口新钟。叔孙豹在病室中听到钟声后颇感奇怪，随即问那是什么声音。

"孟丙正在家中设宴庆祝新钟铸成，到场宾客众多。"竖牛答道。

"未经我同意就擅自当自己是继承人，岂有此理！"病人脸色大变。

"而且……我见宾客之中，有多位跟孟丙大人身在齐国的母亲有关的人在。"竖牛又说道。他很清楚，只要提起昔日不贞的妻子，叔孙豹的心情瞬间就会变差。

只见卧病在床的叔孙豹愤怒地想站起身，却被竖牛紧紧抱住，劝他万万不可伤了身体。

"知道我得了这病早晚是死，他现在就开始擅作主张了。"叔孙豹咬牙切齿地说着，他随即命令竖牛道，"不必顾虑，你现在就给我把他抓起来送进牢里去，如若抵抗，打死也无妨。"

宴席结束，年轻的叔孙家继承人愉快地送走了诸位宾客，而到翌日早晨，他已然变成一具尸体，被丢弃到家中后院的杂草丛中去了。

　　孟丙的弟弟仲壬与昭公的一位近侍相熟，一日，他入宫探访
这位朋友时，恰好被昭公看见了。三言两语之间，仲壬的答话让
昭公很是满意，临走时昭公还将一块随身佩戴的玉环赐给了他。
仲壬是个老实的青年，想着不禀告父亲就戴上这玉环似乎不妥，
于是打算通过竖牛向父亲禀告这件光荣的事，并让父亲看看那枚
玉环。竖牛接过玉环，进了病室，却并未拿去给叔孙豹过目，就
连仲壬来找他的事都没有提及。待竖牛走出病室时，他对仲壬说
道："父亲非常高兴，说你应当立刻戴上这玉环。"听过这话，
仲壬才第一次把玉环系在了身上。

　　数日后，竖牛向叔孙豹提议道："既然孟丙已逝，仲壬将成
为继承人，是不是该让他去拜见国君昭公呢？"

　　叔孙豹说："不，此事尚未确定，眼下还没有这个必要。"

　　"可是，"竖牛又开口道，"不管父亲意下如何，做儿子的
可早已如此认定，而且他早就去见过昭公了。"

　　"绝无可能。"叔孙豹随即说，而竖牛却言之凿凿道："但
是，仲壬最近确实戴着一块国君赐给他的玉环。"

　　仲壬即刻被唤至叔孙豹身边，他身上果然戴着一块玉环，且
承认是昭公所赐。叔孙豹强撑起不再灵活的身体，怒不可遏，他
不愿听儿子的任何解释，只命令他立即退下，回去闭门思过。

　　当晚，仲壬悄悄逃往齐国。

　　随着病情逐渐加重，燃眉之急的继承问题不得不再次被提
上日程时，叔孙豹仍然想把仲壬叫回身边，于是吩咐竖牛去办此
事。竖牛领命退下，不过，他自然没有派人去齐国找仲壬。后来

他向叔孙豹复命时，说自己即刻派使者去找了仲壬，但仲壬说再也不会回到残暴父亲的身边。直到这时，叔孙豹才终于对竖牛这位亲信起了疑心，他结结巴巴地问道：

"你说的……是真的吗？"

"我为什么要说谎呢？"

竖牛如此回答时，卧病在床的叔孙豹却看到他的嘴角歪起，仿佛是在嘲笑自己。这是他来到这个家后，第一次朝着叔孙豹露出这种神情。叔孙豹勃然大怒，他想坐起身，却全身无力，即刻倒了下去。这一次，那张黑牛似的脸庞终于浮现出露骨的侮蔑，冷冷地俯视着他。这就是只有竖牛的同伴和下人才见过的那张残忍的脸。此时此刻，尽管叔孙豹想喊家人或其他近侍前来，但依照一直以来的习惯，不经过眼前这个男人，他就喊不来任何人。这一夜，病榻上的大夫回想起被自己杀死的孟丙，悔恨交加，泪流不止。

第二天，竖牛的残酷行径开始了。依照惯例，由于病人不想接触他人，饭食都是由膳房送到侧房，再由竖牛送至病人床头，而现在，这位近侍却不再给病人送饭了，被送来的饭食全被他自己吃掉，只有空饭碗会被送出去，由此，膳房的人以为那些饭菜都被叔孙豹吃了。即使病人喊饿，牛人也只会默不作声地回以冷笑，连话都不再回一句。叔孙豹想找人求救，却是一筹莫展。

一日，家宰杜洩前来探病。病人向杜洩控诉了竖牛的所作所为，杜洩深知竖牛平日颇得信任，便以为主人是在说玩笑话，全然不予理会。然而叔孙豹依旧满脸认真地控诉着竖牛，杜洩便怀疑他是因为发高烧而精神错乱了。此时，竖牛也在一旁给杜洩使眼色，露出一副头脑混乱的病人令他困扰不已的神情。最后，病人焦急地落下泪来，他用消瘦的手指了指旁边的剑，对杜泄喊道："用它杀了这人。杀了他，快！"当意识到自己无论怎么努力，都只会被当成一个疯子时，叔孙豹虚弱的身子颤抖起来，号啕大哭。杜泄与竖牛对视一眼，皱起眉头，悄然离开病室。待客人走后，竖牛的脸上隐约浮现出一丝诡秘的笑意。

在饥饿与疲惫中大哭着，病人不知不觉间迷迷糊糊地进入了梦乡。不，也许他并未睡着，而是出现了幻觉。在空气沉重凝滞，充满不祥预感的房间之中，只有一盏灯悄无声息地亮着，灯光并不耀眼，却白得瘆人。定睛看去，让人感觉那灯仿佛是在极其遥远的地方——十里、二十里之外的远方。而床上方的天花板，就像之前在梦里所见的一样，开始慢慢下降。那种压迫感缓慢而又确定无疑。他想逃，双腿却完全动弹不得。往身旁看去，黝黑的牛人正立在那里。他呼救，牛人这次却没有向他伸出手，只是默默呆立着，冷冷笑着。当他再次绝望地哀求时，牛人的表情像发怒似的突然严厉起来，眉毛一动也不动，目不转睛地俯视着他。就在那漆黑的重压向胸口正上方迫近，他发出了最后一声惊叫时，梦醒了……

屋外已是夜色降临，灰暗的房间里，只有角落里亮着一盏光线惨白的灯。刚才在梦中见到的灯，或许就是那一盏。叔孙豹仰头看向一旁，酷似梦中牛人的竖牛正静静地低头看着自己，而他脸上满是非人的冷酷表情。那张脸已然不是人类的脸，而是扎根于黑暗的原始混沌之中的一种存在。此刻，叔孙豹感觉冻彻骨髓，与其说这是对想要杀死自己之人的恐惧，其实更像是对这世间残酷恶意的谦卑的畏惧。方才的愤怒已然被这命运式的畏惧所淹没，而且，他再也没有反抗眼前这个人的气力了。

三天之后，鲁国著名的大夫叔孙豹因饥饿而死。

盈
虚

卫灵公三十九年（公元前496年）秋，太子蒯聩奉父命出使
齐国。在途经宋国时，他听到在田里耕地的农夫们唱起一首奇怪
的歌——

> 既定尔娄猪，
> 盍归吾艾豭。

> （已经满足了你们的母猪，
> 为何不归还我们的公猪？）

卫太子听后，脸色大变，他想到一个人。

父亲灵公的夫人（并非太子的母亲）南子来自宋国，她凭借
出众姿色及过人才气，彻底笼络住了灵公的心。近来，这位夫人
又向灵公推荐宋国的公子朝来卫国出任大夫。公子朝是位出了名
的美男子，南子嫁入卫国之前，就曾与他有染，此事除卫灵公之
外无人不知。如今，这二人在宫中几乎是明目张胆地继续着这种
关系。宋国农夫歌里所唱的母猪、公猪，毫无疑问就是在指南子
与公子朝。

从齐国回到卫国后，太子即刻喊来近臣戏阳速商量计策。

142 ·

翌日，太子去向南子请安时，戏阳速早已怀揣匕首，藏在南子房间一角的帷幔之后。太子若无其事地同南子交谈之余，开始朝帷幔后边使眼色。许是突然生怯，刺客竟迟迟不肯露面。太子的暗号已发出三遍，那块黑色的帷幔却只是沙沙作响地摇晃了几下而已。太子奇怪的举止引起南子夫人的注意，循着太子的视线，她发现房间一角正潜藏着一个可疑的家伙，随即惊叫起来，匆匆逃进内室。灵公闻声大惊，他出来握住夫人的手，安抚着她的情绪，而南子却像疯了一般，只顾反复呼喊着"太子要杀我，太子要杀我"。灵公唤来士兵，打算杀掉太子，然而这时候，太子和刺客早已远远地逃出了都城。

先是奔赴宋国，随后又逃入晋国的太子蒯聩，逢人便说，刺杀淫妇这等难得的义举，全因为一个胆小蠢货的背叛而失败了。当同样逃离卫国的戏阳速听到这番话时，却如此反驳道："岂有此理，我才是险些要被太子出卖。太子威胁我去杀他的母后，我若不答应，必定会被杀，但是如果我顺利杀了夫人，太子又必定会将罪过推到我身上。我答应了太子的计划却没有动手，都是深谋远虑的结果。"

当时，晋国的范氏、中行氏之间正起纷争，齐国、卫国等国都在帮叛乱者做后盾，由此，争斗一时间还难以平息。

来到晋国的卫国太子，寄居在权臣赵简子家中。赵氏之所以对其厚待有加，不过是想通过拥立这位太子，来反抗身为反晋派的现任卫侯。

不过，虽说是厚待，太子的境遇到底跟身处故国时不同。晋国都城绛山峦起伏，与卫国一望无际的平原风景大不相同，在三年的寂寥生活之后，太子听到了远方传来的父亲卫侯的讣告。据传闻，由于卫国无太子，朝廷只得让蒯聩之子辄即位。辄是蒯聩出逃时留在卫国的儿子，蒯聩本以为继位者定是自己的某位同父异母的弟弟，因而这个消息让他很是诧异："竟然让那孩子当卫侯？"一回想起儿子三年前的天真模样，蒯聩忽然觉得此事可笑至极。他觉得自己现在即刻回国当卫侯，定然不费吹灰之力。

就这样，流亡太子在赵简子军队的拥护下，得意扬扬地跨过了黄河。终于，蒯聩再次踏上卫国的土地，然而刚走到戚城，他们就再也无法向东前进一步了，新任卫侯派出的军队已赶来阻止太子入国。其实就连进入戚城时，蒯聩也是靠穿着丧服为父亲哭丧，才讨得当地民众的好感。面对眼下出人意料的状况，蒯聩愤怒不已，却也别无良策，他只得以一只脚踏进故国的状态，留在原地，等候时机。然而与最初的预期相反，这一等就是十三年之久。

自己昔日（讨人喜欢）的儿子辄，如今已不复存在。他夺走了本应由自己继承的王位，并固执地拒绝自己进入故国领土，现在的辄只是一个充满贪欲、令人憎恶的年轻卫侯。当年蒙受自己照顾的诸位大夫，如今也没有一个前来问候。在那位年轻傲慢的卫侯，以及辅佐他的道貌岸然、老奸巨猾的上卿孔叔圉（一个相当于自己姐夫的老头儿）的面前，他们装出一副从未听说过蒯聩其人的模样，愉快地侍奉。

日夜望着黄河水熬过去的这十余年间，昔日性情反复无常、恣意妄为的白面贵公子，不知不觉已变成一个刻薄、乖僻的饱经风霜的中年人。

蒯聩在这空虚生活中唯一的慰藉，就是儿子公子疾。他与现在的卫侯辄并非一母所生，但是在进入戚城后不久，他就随母亲一起来到自己身边共同生活。待自己得志那日，定要将这孩子立为太子，蒯聩在心中坚定地打定主意。除儿子之外，他还在斗鸡中找到了宣泄自暴自弃情绪的出口。斗鸡除了能满足他的好赌心和嗜虐性，那些强壮的雄鸡之美也非常令他着迷。他甚至从不算宽裕的生活费用中分出一大部分，建了个气派的鸡舍，养了许多漂亮强壮的斗鸡。

孔叔圉死后，其未亡人，即蒯聩的姐姐伯姬，将自己的儿子孔悝拥戴为虚器①，开始发挥权势，卫国都城的政治氛围由此变得对逃亡太子有利起来。伯姬的情夫，一个叫浑良夫的人作为使者，经常往返于都城与戚城之间。太子将浑良夫视为亲信，一同小心谨慎地密谋计策，还向其许诺称，自己得志之后，定会立他为大夫，且可免三度死罪。

周敬王四十年（公元前480年），在浑良夫的接应下，蒯聩长驱直入卫国都城。薄暮时分，蒯聩着女装潜入孔氏宅邸，与姐姐伯姬、浑良夫一起，威胁身为孔氏家主的卫国上卿，也即自己的外甥孔悝（伯姬的儿子），让其协助自己发动政变。由此，儿子卫侯即刻出逃，蒯聩取而代之，是为卫庄公。自蒯聩被南子赶出

————————————

① 器，指古代表示等级的车服、仪制等，虚器指的是国君有其器而无其位，即傀儡。

卫国，到如今已是第十七个年头。

卫庄公即位后的首要任务，不是调整外交，也并非振兴内
政，而是弥补自己被浪费的那些光阴，或者说是对过去的复仇。
不得志的那些年里没能体验到的快乐，如今定要立刻享受到十二
分才肯罢休，而在那些年里悲惨屈服的自尊心，现在则一下膨胀
成了傲然。此外，他对过去虐待自己的人处以极刑，对蔑视自己
的人施以重罚，对不曾同情过自己的人则给予冷遇。最令蒯聩遗
憾的是，作为自己流亡命运导火索的先王夫人南子，去年就已去
世。毕竟，想象着抓起那个奸妇，让她受尽世间一切屈辱之后再
处以极刑，曾是他逃亡时期最愉快的梦想。他对过去不曾关心过
自己的诸位重臣，如此说道："我体尝了多年的流离之苦。我
看，诸子偶尔也体验体验，一定颇有裨益。"单因为这一句话，
即刻逃往国外的大夫就不止两三人。

对于姐姐伯姬和外甥孔悝，蒯聩本该给予重赏，然而一天夜
里，他请这二人前来赴宴，将其灌得大醉后就派人用马车载着他
们，直接去了他国。当上卫侯的第一年，蒯聩像中了邪似的，终
日沉浸在复仇之中。为了弥补在流亡期间虚度的青春，他还在都
城内遍寻美女，纳入后宫。

依照之前的决意，蒯聩即刻将陪伴自己饱受流离之苦的公
子疾立为太子。蒯聩总觉得公子疾还是一个少年，然而不知何
时，他已长成一位仪表堂堂的青年，或许是从小境遇不佳，总要
揣测人心的缘故，他身上不时会流露出一丝与年龄不符的瘆人的
冷酷。同时，由于儿时的溺爱，直到现在他在父亲面前也表现得

傲慢无礼，而父亲蒯聩则要事事对其妥协让步，唯有在公子疾面前，蒯聩才会展现出旁人无法理解的怯懦。对卫庄公而言，只有太子疾和升为大夫的浑良夫堪称心腹。

一夜，卫庄公告诉浑良夫，之前的卫侯辄在出逃时，将卫国历代珍宝也一并带走了，眼下要商量商量如何寻回那些宝物。浑良夫让秉烛的侍从们退下，亲自拿起蜡烛靠近庄公，低声说道："逃亡的前任卫侯和现在的太子都是您的儿子，抢在身为父亲的您前边登上王位，想来并非他的本意，不如趁现在把前任卫侯叫回来，让他跟现任太子较较高低，然后将才能更高者重新立为太子，您看如何？如果前任卫侯才能不济，到那时再把他手里的宝贝没收了即可……"

这个房间中的某处似乎潜伏着密探，这段喝退旁人的谨慎密谈，竟一字不落地传入太子疾耳中。

第二天早晨，怒火中烧的太子疾带着五个手提白刃的壮士，闯入父亲的寝宫。庄公见状，哪里敢叱责太子的失礼行径，他只是被吓得脸色苍白，浑身颤抖。太子疾命随从把带来的公猪杀死，让父亲立誓保证自己的太子之位，并逼他立刻诛杀奸臣浑良夫。

"我答应过他，要免他三次死罪。"庄公说道。

"也就是说……"太子像在恐吓父亲似的提醒道，"他若是第四次犯死罪，就必须被诛杀。"被彻底吓傻了的庄公只得唯唯诺诺地应了一声"是"。

第二年春天，庄公在郊外一处叫籍圃的游览地盖了一座亭子，其中围墙、器具、缎帐等饰物上都装点着老虎纹样。落成典礼当日，庄公设下盛宴，卫国名流们身穿华服，悉数到场。浑良夫虽是小姓出身，却十分讲究排场，当天他身穿紫衣，又罩一件狐裘，驾着两头公马拉的豪华马车前来赴宴。由于宴席不拘座席，浑良夫便连佩剑也没摘就坐到餐桌前，吃到一半时，因为太热还脱掉了裘衣。太子疾见状，突然跑到浑良夫面前，一把揪住他的前襟，硬生生将他拽到外边，还将刀抵上他的鼻尖，责问道："恃宠而骄也该有个限度！我今天就要替国君杀了你。"

自知武力不敌太子疾的浑良夫并未逞强抵抗，他只是向庄公投去哀求的眼神，呼喊道："国君曾允诺可免我三次死罪，所以就算我现在有罪，太子也不该杀我。"

"三次？那我就来数数你的罪行。你今天穿了国君才能穿的紫衣，此为罪一。你坐了天子直属上卿才能乘的衷甸①，此为罪二。你胆敢在国君面前脱掉裘衣，不摘佩剑就用膳，此为罪三。"

"那也正好是三项罪，太子你还是不能杀我。"浑良夫拼命挣扎着喊道。

"不，还有，你别忘了，那天夜里你对国君说了些什么？你这个想离间君侯父子的佞臣！"

浑良夫的脸色瞬间煞白如纸。

"这就是你的第四项罪。"这句话话音未落，浑良夫已人头落地，而那金丝猛虎刺绣的黑色大缎帐上，霎时沾满了他喷溅而出的鲜血。

---

① 指古代两马一辕的卿车。

庄公脸色刷白，默不作声地望着儿子所做的一切。

晋国赵简子派使者给庄公带来口信："卫侯逃亡之际，我虽能力有限，却也曾竭力相助，然而您归国后就音信全无。若您自己多有不便，至少也该派太子前来拜见晋侯。"这些颇为强势的字句，令庄公再次回忆起那段凄惨的过去，自尊心颇受打击。

"由于国内尚且纷争不断，还请再给我些时日。"庄公暂且如此回复了使者。然而，卫国太子疾派出的密使却假扮成此人，回了晋国。太子疾是想让赵简子知道，父亲卫侯的回复不过是些遁词，实际是因为从前关照过自己的晋国令他感觉局促不安，故而有意拖延，晋人万万不可被骗。赵简子知道这是卫国太子想早日取代父亲的计谋，因此感觉有些不快，但他同时也在想，必须对忘恩的卫侯施以惩罚。

这一年秋天的某夜，庄公做了个奇怪的梦。

在荒凉的旷野之中，耸立着一座连屋檐都已倾斜的古老楼台，只见一个人走上楼台，披头散发地大叫道："看啊，看啊，瓜，满地的瓜！"庄公觉得此地似曾相识，遂想起那是古代昆吾氏的遗迹，他往地上一看，果然到处是瓜。

"是谁把小瓜养成了大瓜？是谁把凄惨的流亡者辅佐成了显赫一时的卫侯？"那个在楼上如疯子般顿足捶胸、高声疾呼的人的声音，仿佛也在哪儿听过。他心中诧异，便又凝神细听，这次终于清清楚楚地听到了："我是浑良夫。我有什么罪？我有什么罪？！"

庄公吓得浑身冒汗，从梦中惊醒过来，他感觉怏怏不乐，为了驱散心中的这份不快，便走到露台上去。此时，迟迟才出现的月亮刚刚升至原野的尽头之上，那是一轮接近红铜色的浑浊的红月亮。庄公像是看到了不祥之物般皱起眉头，再次走回屋中，满心忧虑地在灯下取出了卜签。

第二天早晨，庄公召筮师来看卦。筮师说无害，庄公大喜，还将领邑赏给了他，然而这位筮师退下后，即刻仓皇逃往国外。他深知若是将卦象如实告知，必定会冒犯了庄公，于是姑且说谎敷衍过去，之后再悄悄逃走。

庄公后来又卜了一卦，卦辞如此写道——"鱼儿疲病，摇曳红尾横在水中，仿佛不知哪是水边。大国来袭，灭亡在即。关闭城门水门，从后边逃遁。"这里所说的大国应该是指晋国，但除此之外的其他意思，庄公并不明白。总之，他唯一能确定的是自己卫侯的前途黯淡。

一想到余命无多，庄公便不再考虑如何应对晋国的压迫与太子的专横，他只顾急于在那则不幸的预言实现之前，尽可能多地享受快乐。大规模的建筑工程相继启动，过度的强制劳动甚至令工匠、石匠们怨声载道。此外，他还再次痴迷于一度忘却了的斗鸡，不过，不同于蛰伏时代，如今庄公能尽情而奢侈地沉浸在这项娱乐之中，他不惜金钱与权势，将国内外的优秀雄鸡全都收集了来。特别是从鲁国一位贵人处购得的那只斗鸡，羽毛如金喙如铁，高冠昂尾，实为难得一见的优良品种。虽卫侯有时不进后宫，却没有一日不去看看这只鸡羽毛高耸、振翅欲斗的雄姿。

一日，庄公站在城楼上眺望下方的街道时，看到唯有一片地方特别肮脏杂乱。问过侍臣后得知，那是戎人的部落。戎人是继承了西方化外之民血统的异族人。庄公嫌此地碍眼，当即命人拆除，将戎人部落驱逐到了距离都城大门十里之外的地方。

于是，贱民们扶老携幼，将家产器物堆在车上，陆陆续续向城门外走去。站在城楼之上的庄公，能清楚地看到他们被官兵驱逐时惊慌失措的模样。就在被驱逐的人群之中，庄公看到一位头发格外美丽而浓密的女人，随即命人去把她找来。此女是戎人己氏之妻，虽然容貌平平，但那一头秀发却着实引人注目。庄公命令侍臣将她的头发齐根剃尽，为后宫的一位宠妃做一顶假发。己氏见妻子回来时被剃成了光头，立即帮她遮盖住头部，怒视仍然站在城楼上的卫侯的身影，即便遭到官兵鞭打，也不肯轻易离去。

是年冬天，配合从西方入侵的晋军，大夫石圃举兵侵袭卫国宫城。石圃知道卫侯打算除掉自己，因此才先发制人，不过也有人说他是与太子疾合谋造反。

庄公下令关闭所有城门，登上城楼召集叛军，提出种种议和条件，然而石圃态度坚决，不肯妥协。庄公只得在寥寥数名亲兵的护卫下，一直僵持到了夜里。

庄公知道只有趁着月亮尚未升起的傍晚时分才能逃走，于是他带着公子、侍臣等少数几人，又亲自抱着那只高冠昂尾的雄鸡，翻墙出了后门。由于从没翻过墙，庄公脚下一踩空，重重地摔到地上，还扭伤了脚。无暇治疗，庄公只得被侍臣们搀扶着，在漆黑的旷野上匆匆逃命。他们打算无论如何都要在天亮之前越过国境，逃入宋国。走了许久，天空突然变成朦胧的淡黄色，仿佛整个从原野的漆黑中分离、飘浮而起一般——月亮已然升上天空。那浑浊的红铜色月亮，跟他昔日从梦中惊醒，站在宫中露台上所见的一模一样。庄公心下顿感不妙，就在这时，自左右草丛中，几个黑影"嗖嗖嗖"地一齐涌现，向他们发起猛攻。来人是强盗，还是追兵，众人无暇思考，只得全力应战。顷刻之间，公子、侍臣们几乎全部被杀，只有庄公一人趴在草地里，逃过了一劫。没想到他因为站不起身，反倒被敌人落下了。

庄公回过神时，发现自己还紧紧抱着那只雄鸡。其实鸡早就死了，所以从刚才起一声未叫。尽管如此，庄公还是不舍得扔了那只鸡，依旧单手抱着，匍匐前进。

在旷野一角，竟然不可思议地出现了一处民房聚集的村落。庄公好不容易挣扎了过去，气息奄奄地爬进头一户人家。待他被搀扶进屋，将递来的水一饮而尽之后，"终于来了！"只听一个粗声如此说道。庄公惊讶地抬起眼，看到一个面色发红、门牙外突，似是这家主人的男人正目不转睛地盯着自己。他并不记得此人是谁。

"不记得我，是吧？不过你还记得她吧？"

男人将蹲在房间一角的女人喊了过来，当庄公在昏暗的灯光下看清那女人的脸时，不由自主地扔了手中的死鸡，险些摔倒在地。毫无疑问，眼前这个头上裹着布的女人，正是他为了给宠妃做假发而被剃光头发的己氏之妻。

"饶了我，"庄公用沙哑的声音说道，"饶了我吧。"

他用颤抖的手取下戴在身上的美玉，递到己氏面前。

"这个给你，请放了我吧。"

己氏拔掉蕃刀的刀鞘，冷笑着走向庄公。

"你的意思是我要杀了你，这玉会消失不见吗？"

这就是卫侯蒯聩的临终时刻。

弟
子

一

　　鲁国卞里有一位名仲由、字子路的游侠，他听闻近来陬邑出
身的学者孔丘的贤者声名甚高，欲意对其羞辱一番。

　　"让我来见识见识这冒牌贤者有什么了不起的。"只见仲由
蓬头突鬓，帽子低垂，身穿短后之服，左手提着一只公鸡，右手
赶着一头公猪，气势汹汹地便朝孔丘家去了。他是想靠摇晃鸡、
轰赶猪，弄出一片喧嚣嘈杂，以搅扰儒家的弦歌讲诵之声。

　　这位伴随着刺耳的动物叫声、横眉立目突然闯入的青年，与
头戴圜冠，脚踏句履，佩戴玉玦，凭几而坐，满面温和的孔子之
间，开始了这样一段对答。

　　"你喜欢什么？"孔子问道。

　　"我喜欢长剑。"青年昂然地果断答道。

　　孔子不禁莞尔。因为这位青年的声音及态度中过于稚气的
自负一目了然。看着青年那面色红润、浓眉大眼、颇为精悍的脸
庞，孔子觉得他身上自然而然地流露出一种招人喜欢的直率。

　　孔子再次问道："也就是说你不求学？"

　　"求学有什么用啊！"子路本就是为了说这句话而来，因此
他鼓足了劲大喊道。

眼看学问的权威性遭受到质疑，孔子自然不能一笑了之，于是他开始语重心长地阐述求学之必要性——夫君无谏臣则失政，士而无教友则失德。①木材不是经墨线加工才能取直吗？恰如御马需要鞭子，好弓不可缺檠②，若想矫正人的放纵性情，教学岂非必不可少？唯有经过匡正、磨砺的过程，方可成就有用之才。

单是通过流传于后世的语录文字，我们无法想象出孔子的雄辩是多么有说服力。不只是他所讲的内容，他那沉稳的声音、抑扬顿挫的语调，以及说话时满怀自信的姿态，都让听者不得不被他说服。此时，青年态度中的反抗情绪渐渐消散，转而变成了细心恭听的模样。

"可是，"不过子路尚未完全丧失还击的气力，"南山的竹子不必加工就生得笔直，砍下来就能穿透犀牛皮，由此看来，天资卓越之人，哪有学习的必要呢？"

对孔子而言，再没有比驳倒这般幼稚的比喻更容易的事了，他开口道："若是给你所说的南山竹添上箭羽，安上箭头并打磨锋利，它又何止能穿透犀牛皮呢？"

孔子的这番话，让单纯的青年无言以对。他面红耳赤地呆立在孔子面前许久，似是在思考些什么，突然，他扔下手中的鸡和牵着的猪，垂下头去，认输道："谨受教。"

子路这样做，不单是因为他无力反驳孔子，其实方才他一走进屋里，看到孔子的面容，又听他说出第一句话时，立即意识到

---

① 译文：一国之君若无谏臣辅佐，就会失政；读书之人若没有能指正缺点的朋友，则会失德。
② 矫正弓弩的器具。

自己手中的鸡与猪是多么不合时宜，他被自己与孔子之间的云泥之别所折服。

即日，子路行过师徒之礼，拜入孔子门下。

二

子路从未见过像孔子这样的人。他曾见过能力举千钧之鼎的勇士，也曾听说过能明察千里之外的智者，但是孔子身上所拥有的东西，绝非此类怪物般的不同寻常的才能。他的一切看起来都极为寻常，从知、情、意①各个方面，到外在肉体上的各项能力都很平凡，但也都成长发展得非常完美。他的各项能力都在过与不及之间保持着恰到好处的平衡，以至于让人看不出到底哪一项更为优秀瞩目，这样的人子路还是初次得见。更令子路惊讶不已的是，孔子的个性是那样自由豁达，而且他身上丝毫没有道学家的迂腐气息。子路即刻明白，这个人一定曾饱经风霜。

说来可笑，就连子路引以为傲的武艺与体力，都是孔子更胜一筹。只不过孔子平时并不动武，这着实让游侠子路大吃一惊，他甚至怀疑孔子经历过放荡不羁的生活，因为他能敏锐地洞察所有人的心理。此外，再想到与之截然不同的，孔子那格外高尚无瑕的理想主义，子路便不禁要在心底长叹一声。总之，孔子这个人走到任何地方都没问题。从严格的伦理观来看没问题，从最世俗的意义来说也没问题。在子路至今所见的人当中，每个人的过

---

① 知性、感情、意志。是由德国哲学家伊曼努尔·康德提出的哲学概念。

人之处都尚属于利用价值的范畴，因此，他们不过是因为对什么有用而了不起。孔子却截然不同，单是孔子这个人的存在本身就已然十分了不起，至少子路如此认为，他已经对孔子钦佩得五体投地。如今他拜入孔子门下还不到一个月，却感觉自己已经离不开师父这根精神支柱了。

纵观后来孔子那长年艰苦的游学生活，能像子路这样欣然追随其左右的人绝无仅有。他并不是想凭借孔子弟子的身份谋求仕途，说来可笑，他甚至也不是为了磨炼自己的才能德行而待在师父身旁。他不过是出于至死不渝、毫无所求的极其纯粹的敬爱之情，才一直留在孔子这位师父身边。正如从前长剑不离手的岁月，如今，子路无论如何都离不开师父。

那时，孔子尚未到达自己所说的"四十而不惑"的境界，他只比子路年长九岁，但在子路心里，他与师父之间的年龄差，却是一段近似于无限的距离。

与此同时，孔子也在为子路那不同寻常的难以驯服程度而惊叹。单说崇尚勇武、厌恶柔弱之人，其实并不在少数，但像子路这般蔑视事物之形式的人却实在罕见。所谓"礼"，虽说最终将归于精神层面，但一切的"礼"又必须先从形式入手，然而子路这个人，却很难轻易接受从形式入手的学习方式。

"礼云礼云，玉帛云乎哉？乐云乐云，钟鼓云乎哉？"①

---

① 译文：礼呀礼呀，只是说玉帛之类的礼器吗？乐呀乐呀，只是说钟鼓之类的乐器吗？

当孔子讲起这些理论时，子路还听得饶有兴致，但一讲到《曲礼》①之细则，他就突然变得兴味索然。要想将礼乐知识传授给本能地抗拒着形式主义的子路，对孔子而言也实属难事一桩。自然，对子路来说，要学好礼乐亦是一大难题。子路仰仗的是孔子其人的人性深度，而他不认为孔子的深度来自于平日里那些微不足道的细行的累积。

"先有本，而后生末。"子路如是说。不过，孔子也总斥责他对于如何培养出"本"的实际考虑过于欠缺。毕竟，子路敬服孔子是一回事，而他能否立即接受孔子的感化则又是另一回事。

"唯上智与下愚不移。"当孔子说出这句话时，并未将子路考虑在内。尽管子路身上满是缺点，但孔子并不认为他属于"下愚"那一类，其实孔子比任何人都认可这位彪悍弟子身上的过人之处——一种纯粹的无得失心。由于这种个性之美在这个国度中过于稀有，所以将其视作一种美德的人，唯有孔子一个。在他人看来，子路的这种性格倾向，不过是一种令人难以理解的愚钝。然而，只有孔子十分明白，跟子路的英勇性情及政治才干相比，他这世间罕见的愚钝并不值一提。

遵从师父的教诲，压抑自己的个性，凡事都忠于形式，子路的表现已然是对待父母的态度。据亲戚们说，自从拜入孔子门下，粗暴的子路忽然懂得孝顺父母了。然而受到表扬的子路心里并不舒坦，这哪儿是孝顺啊，他只觉得自己是在装腔作势。他认

---

① 《礼记》的一部分内容，指具体而细小的礼仪规范。

为不管怎么看，自己从前任性妄为，让父母为难的那段时期才更为真实坦率。他还觉得，现在这些为了自己的虚伪表现而欢喜的亲戚，着实有些可悲。子路不是个细腻的心理分析家，却是个极其坦率之人，因此他自然会意识到这些。直到很多年之后，当子路突然发现父母都老了，又回想起自己年幼时他们那精神十足的身姿，便突然落下泪来。自那以后，子路的孝顺就变成一种无比舍身忘我的行动，但在此之前，他对父母的孝顺姿态总是无法长久持续。

三

一日，子路走在街上时，遇到两三位昔日的友人。这几个人虽然算不上是无赖，却都是些放荡不羁的游侠之徒。子路停下来，跟他们交谈了片刻。其中一人盯着子路的衣服左看右看，说道："哎呀，这就是所谓的儒服啊？看起来可真寒酸。"随后又问道，"你不喜欢长剑了？"

见子路不接话茬儿，这人便接着说了些让人无法置若罔闻的话："怎么，你不是说那个叫孔丘的老师是个大骗子吗？表面一本正经，总是煞有介事地说些言不由衷的话，看起来好像捞了不少油水啊。"

此人的这番话其实并无恶意，不过是一如往常的毫不见外的毒舌而已，然而子路的脸色瞬间变了，他冷不防抓起对方的前襟，挥起右拳，猛地打向其侧脸，连续挥拳两三下后才松开手，而那人却立即不争气地倒在了地上。另外几个同行者全都看傻了眼，子路向他们投去挑衅的目光，但是深知子路刚勇的这几个人，自然不敢再冲上前去，他们只是将被打的那人左右搀扶起来，一句话都没说便悄悄溜走了。

后来，孔子似乎听闻了此事。当子路被师父叫到面前时，孔子对此事只字未提，却说了如下这番话："古之君子，忠以为质，仁以为卫。不出环堵之室，而知千里之外，有不善，则以忠化之；侵暴则以仁固之。①因为他们深知暴力并非必不可少。小人不逊以为勇，君子立义以为勇……"子路听后敬服不已。

数日后，子路再次走在街上时，听到路两旁的树荫下，有几个闲人正在热烈地争辩着，而他们的讨论对象似乎正是孔子——"总是不停地说从前从前的，凡事都搬出古代，贬低现在。谁都没见过古代什么样，所以想怎么说就怎么说呗。但是，如果照搬过去的道理，就能治理好现在的世道，谁还需要劳心受苦呢？对咱们来说，活着的阳虎大人可比死了的周公伟大多了。"

那是一个盛行下克上②的时代。鲁国的政治实权从鲁侯转移至大夫季孙氏手中，如今又将落入季孙氏的家臣阳虎那个野心家手中。说出以上这番话的人，或许正是阳虎的手下。

"对了，听说阳虎大人想任用孔丘，前段时间还上门去请过

---

① 译文：古时的君子，以忠义为立身之本，以仁爱为守卫之策。不出窄小的屋子，却知道千里之外的大事。遇到恶人，便以忠义来感化；面对侵害，则以仁爱来防卫。

② 源自日本战国时代的一种历史现象。指社会地位低的人在军事、政治层面战胜地位高的人，夺取政治实权。

他好几次，可那个孔丘竟然避而不见。看来他光是嘴上会说，却没有自信搞好实际的政治吧。那家伙啊……"

子路拨开人群，毫不客气地来到说话人面前。人们当即认出此人是孔子的弟子。刚才还得意扬扬地讲个不停的老人突然大惊失色，他不明所以地朝子路鞠了一躬，便躲进人墙后边去了。想来是怒目圆睁的子路，看起来太过骇人了吧。

此后的一段时间，类似的事情在各地时有发生。人们只要远远看到子路那盛气凌人、目光炯炯的身影，就会立即闭上正在诋毁孔子的嘴。

子路曾多次因为此事被师父训斥，但他就是无法控制自己，他并非没有自己的想法——"那些所谓的君子如果感受到跟我同样强烈的愤怒，还能控制得住的话，那确实了不起。可是，他们感受到的愤怒才不会像我这么强烈呢，至少他们的愤怒不过是尚能抑制得住的程度。一定是这样……"

一年过后，孔子苦笑着慨叹道："自从仲由入我门下之后，就再也听不到别人说我的坏话了。"

四

有一次，子路在屋中鼓瑟。

孔子在另一个房间中听了片刻后，对身旁的冉有说道："你听听那瑟声，是不是充满了暴戾之气？君子之音当温柔中正，能养生长之气。昔日舜帝弹奏五弦琴，作《南风》之歌。其歌曰：

'南风之薰兮，可以解吾民之愠兮；南风之时兮，可以阜吾民之财兮。'①而仲由现在的琴音，却是杀气腾腾、激越昂扬，这并非南音，倒与北音相似。再没有琴声能如此清晰地呈现出弹奏者的恣意暴戾。"

后来，冉有将夫子的话传达给了子路。

子路原本就知道自己缺乏音乐才能，且一直将问题归咎于自己的耳朵和手。然而，当听说问题的根源其实来自更深层次的精神时，他愕然了，害怕了。看来最重要的并非手法上的练习，他还需要更加深刻的思考。子路把自己关在屋里开始沉思，他滴水粒米不进，以至于变得更加形销骨立。数日后，他觉得自己终于想通了，便再次拿起瑟，小心翼翼地弹了开来。听到乐声的孔子，这一次却什么都没说，也没有露出责难的神色。子贡将师父的反应告知了子路，一听说师父并未苛责自己，子路高兴地笑了。

看着眼前这位善良师兄的笑脸，年轻的子贡也不禁笑了起来。聪明的子贡心里明白，其实子路演奏的乐音中依然充满了北地的杀伐之气，而夫子不再责备子路，不过是怜惜他冥思苦想到身形消瘦的那份固执而已。

五

在孔子的众多弟子中，再没有人比子路被训斥的次数多，也

① 译文：温和的南风，可以消解万民之烦忧；南风吹拂之时，可以为万民带来富庶。

没有人像子路那样，敢于无所顾忌地向师父提出反问。

"请问，舍弃古来之道，按照仲由自己的想法行事可否？"他会问出诸如此类必定挨批的问题，还会在孔子面前直言不讳道："果真如此吗？是夫子太迂腐了。"尽管如此，再没有人如子路这般全身心地依赖着孔子。他能毫不客气地反问夫子，都是天性使然，但凡是他尚未由衷信服的事，都无法在表面上装作认同。而且，他也不会像其他弟子那样，因为害怕被嘲笑或被斥责而谨言慎行。

若是在别处，子路就是个绝对不屑于居于人下的独立不羁、一诺千金的好汉，正因如此，他以一个平凡弟子的身份，侍奉在孔子身旁的形象，着实给他人一种奇异之感。事实上，子路心里不无这样滑稽的念头——唯有在师父面前，自己才能安下心来，将复杂的思考和重要的决断全部交由师父处理。这就像是在母亲身边时，即使是自己能做的事，也希望由母亲代劳的幼儿心理。有时退一步细想此事，连他自己都不禁苦笑起来。

然而，即便是面对这样的师父，子路的内心深处仍有一片无法任人触碰的地方，唯有那里是他无法让步的最后底线。

换言之，对子路而言，这世上有一样非常重要的东西。在它面前，生死亦不足论，更何况是区区利害。称它为"侠"，似乎有些过轻了，但若是称其为"信"或"义"，又多少沾了些道学家的气息，而缺少了自由蓬勃之气。其实它的名字无关紧要，对子路来说，它就像是一种快感，总之，能给他带来这种感觉的事物即为善，而没有这种感觉相伴之物则为恶。这种感觉极其明确，他至今都从未有过怀疑。它跟孔子所说的"仁"还有相当差距，但是从师父的教诲中，子路总是只选择吸纳那些能强化自己这种单纯伦理观的道理。

譬如："巧言、令色、足恭……匿怨而友其人……丘亦耻之。"①"无求生以害仁，有杀身以成仁。"②"狂者进取，狷者有所不为也。"③这些就很符合他的观念。起初，孔子还有意改掉子路的这种想法，但后来他便作罢了，因为不管怎么说，这样的子路无疑也是一位出色之人。毕竟，有些弟子需要鞭子，有些则需要缰绳。子路身上无法轻易被缰绳抑制的性格缺点，同时也是足堪大用之处，孔子觉得，只要能给子路指出大致的前进方向即可。诸如"敬而不中礼谓之野……勇而不中礼谓之逆"④"好信不好学，其蔽也贼；好直不好学，其蔽也绞"⑤之类的教诲，其实多是针对身为学生，而非一个个体的子路的训斥。在子路这个特殊个体身上能成为魅力的东西，放在其他弟子身上，多半都会变成害处。

六

据说，在晋国魏榆之地，有一块会说话的石头。一位贤者解释道，这许是人民的怨嗟之声借石头发出来了。已然式微的周室

---

① 译文：对他人逢迎谄媚……表面装作友好，却把怨恨藏在心里……我也认为这种人可耻。
② 译文：仁人志士，没有贪生怕死而损害仁的，只有牺牲自我来成就仁的。
③ 译文：狂妄之人锐意进取，拘谨之人有所不为。
④ 译文：恭敬而不合乎礼是粗野……英勇而不合乎礼是叛逆。
⑤ 译文：爱好诚信而不爱好学习，其弊病是害人害己；爱好直率而不爱好学习，其弊病是说话尖刻。

一分为二，继续彼此争斗。十余个大国之间相互结盟、攻伐，战争始终不曾停息。一位齐侯与臣下之妻私通，每晚都悄悄潜入其府邸，最后终于被其丈夫杀死；楚国的一位王族，则趁君主卧病在床时，将其勒死后篡夺了王位；在吴国，被砍掉双脚的罪人们一齐偷袭国君；而在晋国，两位大臣竟会交换彼此的妻子——当时的世道便是如此。

且说鲁昭公意欲讨伐上卿季平子时，自己反倒被驱逐出国，逃亡七年之后，最终在其他国家穷困而死。其实，即便在逃亡途中商议起归国之事，追随昭公的臣子们因为担心自己回国后的命运，最终还是劝阻了昭公。由季孙氏、叔孙氏、孟孙氏三家执掌的鲁国，也进而被季孙氏之家宰阳虎恣意操纵于股掌之间。

然而，这位策士阳虎最终却因自己的计策而垮台，鲁国的政坛风向也由此突然转变。与此同时，孔子意料之外地被任命为中都宰。在当时那个没有公平无私之官吏、不行苛敛诛求之事的政治家的时代，孔子公正的政治方针与周到的改革计划，在极短的时间内就取得了惊人的政绩。为此惊叹不已的鲁国君主定公问道："用你治理中都的方法来治理鲁国可行吗？"

孔子答道："为何只谈治理鲁国呢？治理天下又何尝不可？"

定公见从不说大话的孔子用非常恭敬的语调，平静地说出这番豪言壮语，越发感到惊讶。他即刻升任孔子为司空，之后又升其为大司寇，并摄宰相之事。经孔子推荐，子路出任季氏宰，官职相当于鲁国政府的秘书官。至于子路作为孔子内政改革方案的执行者，带头推动方案执行，想必自不待言。

孔子改革的第一步就是中央集权，即强化鲁侯权力，为此就必须先削弱势力已然超越鲁侯的三桓——季孙氏、叔孙氏、孟孙氏。三桓的私邑位于郈、费、成三地，城墙皆超百雉①。孔子决意要先拆毁这些城墙，而负责执行的正是子路。

眼看着自己的工作立见成效，且是以至今为止从未出现过的巨大规模显现出来，这对子路这样的人而言，着实是一大快事。特别是能亲手一一击溃旧有政治家聚集的奸恶组织及其习惯，让子路感受到了一种前所未有的人生意义。同时，他看着忙于实现多年政治抱负的意气风发的孔子，也觉得非常高兴。而在孔子眼中，子路已不仅仅是自己的一个弟子，更是一位值得信赖的颇具实干才能的政治家。

就在准备拆毁费邑城墙之际，公山不狃率领费人反抗，袭击了鲁国都城，就连在武子台避难的定公也遭到叛军威胁，一时间情况危急，幸而有孔子妥当的判断和指挥，才终于化险为夷。子路由此再次为师父那颇具实战性的才能所折服。他深知孔子身为政治家的才干，也了解他个人的武力有多强悍，但着实没想到能在实际战斗中，见识到师父如此精湛的指挥。自然，子路自己当时也奋战在一线，久违地挥舞起长剑的感觉，依旧是畅快淋漓。总之，比起钻研经书上的字句，或是学习古代礼仪，去解决粗粝现实中的问题，才更符合他的性情。

为了与齐国之间的屈辱媾和，鲁定公带着孔子，前往一处

---

① "雉"是古代计算城墙面积的单位。长三丈高一丈为一雉。百雉指城墙长达三百丈，是春秋时期国君才能享有的特权。

名叫夹谷的地方与齐景公会面。当时，孔子指责了齐国的无礼行径，他不由分说地将齐景公及其诸卿大夫斥责了一番。这让本是战胜国的齐国君臣都被吓得胆战心惊。这件事让子路心中大快，也正是从这时起，强大的齐国开始畏惧起孔子这位邻国的宰相，或者说是畏惧在孔子的施政下国力日益强盛的鲁国。

在费尽苦心的谋划之后，齐国决定采用一种颇具古代中国特色的计策——将一众能歌善舞的美女送至鲁国，借此俘获鲁侯的心，离间其与孔子的关系。而更具古代中国特色的结果是，这一幼稚的计策与鲁国内反孔子派的策动相互作用，很快便奏效了。鲁侯沉迷女乐，以致不再上朝，而季桓子以下的大官们也纷纷效仿。面对这种情形，子路第一个为之愤慨，并与其他大臣起了冲突，最终辞去官职。孔子并未像子路那样早早断念，他仍然在想方设法挽回局面，而子路只盼着孔子能尽快辞去官职，他不是怕师父的臣节被玷污，而是受不了继续看着师父置身于那种淫乱的环境之中。

当孔子的耐心达到极限时，子路终于松了口气。随后，他欣然跟随师父离开了鲁国。

既是作曲家也是作词家的孔子，回望着渐行渐远的鲁国都城，不禁唱道——

"彼妇之口，可以出走。彼妇之谒，可以死败……"①

就这样，孔子开始了长达数年的周游列国之旅。

---

① 译文：那妇人之口，可以将人赶走。那妇人所言，可以令人身死名败……

七

　　子路心中有一个很大的疑问。从孩提时代起，他就怀揣着这个疑问，然而长大成人后，甚至到如今年岁渐老时，他的问题都始终没能找到答案。这是一个司空见惯的事实——邪恶繁荣兴盛，而正义遭受欺凌。

　　每当想到这种事实时，子路总会不由自主地悲愤不已。为什么？为什么会这样？有人说，行恶事虽然一时走运，但最终总会遭到报应。或许确实不乏这种情况，但是，这不就成了"人终有一死"式的普遍道理了吗？好人获得最终胜利的事例，从前暂且不知，反正在如今这世道，几乎是闻所未闻。为什么？为什么？对大孩子子路而言，唯有这个疑问让他愤慨到无以复加，他顿足捶胸地想，究竟何为"天"。上天到底在看着些什么，如果那些不公的命运皆由上天所造，那么自己就只能去反抗上天。正如在人类与野兽之间没有设定区别，上天对善与恶也没有加以区分吗？难道说正啊邪啊的，说到底不过是只存在于人类之间的临时约定吗？子路带着这个问题去请教孔子，而孔子始终都只会告诉他何为人类幸福的真谛。行善事的回报，难道就只有行善之后获得的自我满足感吗？尽管在师父面前，子路感觉自己想通了，但等到独处时再次想起这个问题，他发现自己心底依然残留着无法释然之处。他还无法理解那些被生硬解释出来的幸福，只要毋庸置疑、切实明确的善报尚未降临到正义之士身上，这世道在子路看来就实在无趣。

　　这种对于上天的不满，子路在师父的命运上感受到的最为强烈。师父的大才大德几乎超越凡人，但他为什么又必须忍受这般不得志的境遇呢？在家庭生活上他也不算幸运，如今年事已高还要过着流浪生活，师父的人生为何如此不幸呢？一夜，当子路听到孔子独自嘟囔道"凤鸟不至，河不出图，吾已矣夫"①时，他不禁泪流满面。孔子的慨叹是为了天下苍生，子路的眼泪却不是为天下，而是只为孔子一人。

　　当子路看着师父及其身处的这个时世而落下眼泪时，他在心中决意，一定要成为保护师父免受这污浊世间侵害的盾牌。作为在精神上被师父引导和守护的回报，子路决定帮师父承担一切世俗的劳苦与污辱。虽然多有僭越，但子路觉得这就是他的使命。或许在学识、才能上，自己不及许多后辈，但一旦遭遇危险，第一个肯为夫子不惜舍弃性命的人定将是他自己，对此子路深信不疑。

八

　　"有美玉于斯，韫椟而藏诸？求善贾而沽诸？"②当子贡如此发问时，孔子即刻答道："沽之哉，沽之哉！我待贾者也。"

　　孔子正是带着这种想法，开始了周游天下的旅程。追随他的大部分弟子自然也怀揣着"沽之哉"的心情，但子路断然没有这

---

① 译文：凤鸟不来了，黄河中也不出现八卦图了，我这一生已经完了吧。传说在舜和周文王时代，曾有凤鸟出现，而在上古伏羲氏时代，黄河中曾有龙马背负八卦图而出，均象征着"圣王"将要出世。

② 译文：这里有一块美玉，是把它藏在匣子里，还是找一位识货的商人卖了呢？

种想法。他已经体验过身居权位，断然实行个人信念的快感，而且，正是因为能在孔子手下工作，他才愿意从政，如果没有这个必不可少的先决条件，他其实更喜欢"被褐怀玉"①的生活方式。

即便终生为孔子做看门犬，子路也没有丝毫悔意。他并非没有世俗的虚荣心，只是觉得勉强为官只会损害自己原本磊落豁达的个性。

追随在孔子身边的弟子各有千秋——行事利落果断的实干家冉有，性情温厚的长者闵子骞，喜欢刨根问底、熟悉掌故的子夏，略有些诡辩派风格的享乐家宰予，铁骨铮铮、慷慨大度的公良儒，身高只有九尺六寸的孔子一半，身形矮小而为人正直的子羔，以及无论从年龄还是威信上来说，都是他们带队人的子路。

子贡虽比子路小二十二岁，却是个非常与众不同的青年。比起常常被孔子赞不绝口的颜回，子路其实更加推许子贡。而那位叫颜回的年轻人，不过像是被去除了强韧生命力与政治性的孔子，子路并不算喜欢他。这绝非出于嫉妒（倒是子贡、子张一辈见师父总是对颜渊赞赏有加，不免心生嫉妒），毕竟子路跟他的年龄差距过大，而且他本就不是会拘泥于这种事的人。他只是完全无法理解，颜渊那种被动的灵活才能好在何处。首先，颜渊身上那种缺乏活力的感觉让子路不甚中意，相较之下，尽管有些许轻佻，却总是充满才气与活力的子贡，才更对子路的脾气。其

---

① 被：同"披"。褐：粗布衣服。玉：宝玉，比喻才德。身穿粗布衣服，怀里却藏着美玉，比喻有才能而深藏不露。

实，惊叹于子贡头脑之敏锐的人不止子路一个，只是比起他的头脑，大家也很清楚他的人品还尚未成熟完善，不过这只是年龄问题。虽然子路也曾因为他过于轻佻的表现而怒斥过他，但总的来说，子路对这个青年的态度仍是觉得"后生可畏"。

一次，子贡对两三位师兄弟这样说道——

大家都说夫子厌恶善辩，可我觉得夫子他自己其实极其善辩。对此咱们必须加以警惕，因为这跟宰予他们的善辩，完全不是一回事，宰予之"辩"，技巧过于惹眼，尽管能给听者带去乐趣，却无法给人信赖感。不过这反倒是安全的。夫子之善辩则截然不同，比起流畅度，他的话语中具备一种绝对不会让人起疑的稳重感，比起表面诙谐，他那充满含蓄比喻的讲话，让任何人都无力反驳。诚然，夫子所说的话有百分之九十九都是毫无谬误的真理。而且夫子的行为举止有百分之九十九都值得被我们当作典范，至于那剩下的百分之一——能赢得人们绝对信赖的夫子辩才中仅有的百分之一，有时恐怕要被用来为他的性格（其性格之中未必与绝对普遍的真理保持一致的极少数部分）做注脚。咱们需要警惕的地方就在这里，这或许是因为跟夫子过于亲近熟悉才生出的贪念。事实上，后世将夫子推崇为圣人，都是理所当然之事，毕竟我还从未见过像夫子这样接近完美之人，而且将来也不会再出现这样的人了吧。我想说的是，即便是夫子身上也残存着这样尽管细微，却仍值得警惕的地方。像颜回那种跟夫子性情相似的人，定然感受不到我所感受着的这种不满。夫子常常称赞颜回，或许也是因为性情相投吧……

区区一个小毛孩竟敢如此评论师父，子贡的狂妄令子路很气愤，他也知道子贡会说出这番话，其实是出于对颜渊的嫉妒，但是从子贡的话里，他也感受到一些无法轻视的东西。关于性情差异的部分，子贡说的确实有道理。

在我们看来含混不清的东西，这个狂妄的小子却能表达得如此清晰明确，对于子贡这种奇妙的才能，子路在蔑视的同时，又由衷佩服。

子贡曾问过孔子一个很奇妙的问题："死者有知乎？将无知乎？"这是关于人死后有无知觉，或者说灵魂会否泯灭的疑问。孔子的回答也非常奇妙："吾欲言死之有知，将恐孝子顺孙妨生以送死；吾欲言死之无知，将恐不孝之子弃其亲而不葬。"

这答案跟子贡预想的全然不同，他觉得非常不服。孔子当然明白这个问题的意思，但作为一个彻底的现实主义者、一个以日常生活为中心的人，孔子只是想改变这位优秀弟子的关注方向。

子贡出于不满，将此事告诉了子路。子路对这个问题其实并不感兴趣，比起死亡这一话题本身，他更想了解的是师父的生死观，于是，有一次子路也借机问了孔子关于死亡的问题。

"未知生，焉知死？"孔子如是答道。

"没错！"子路心悦诚服。然而子贡依旧觉得这答案与自己预期的大相径庭。

"这话是没错。可我说的并非此事。"子路的表情显然是这个意思。

九

卫灵公是一位意志极其薄弱的君主。他并没有愚钝到分不清贤臣与庸才，只是比起逆耳忠言，甜蜜的谗言更能讨得他欢心。而左右着卫国国政之人，正是后宫中的那位夫人。

卫灵公的夫人南子生性淫乱的传闻早已有之。当她还是宋国公主时，就与其同父异母的兄长——以美貌闻名的公子朝私通，而在成为卫侯夫人之后，她又让公子朝来卫国任大夫，并继续与其保持私通关系。南子是个极其聪明且锋芒外露的女人，连政事都要从旁干预，卫灵公对她的话也是言听计从。因此，想让卫灵公采纳自己计策的人，都会先去说服南子，这在卫国早已成为惯例。

孔子从鲁国来到卫国时，奉召谒见了卫灵公，却并未去见其夫人。南子为此很是不悦，卫灵公便即刻派人给孔子带话道："四方之君子不辱，欲与寡君为兄弟者，必见寡小君。寡小君愿见。"①

孔子迫不得已去见了南子。当时，南子坐在轻薄葛布制成的帷帐后会见了孔子。孔子面朝北行过稽首之礼后，南子在帐后回礼，然而在她行第二次拜礼时，身上的佩玉却碰出了声响。

孔子从宫中回到住所后，子路毫不掩饰地露出了不快的神情。子路期望孔子能对南子那卖弄风情的要求置之不理，他知道孔子绝不会被那个妖妇诓骗，不过，单是本该保持绝对清净之身

---

① 译文：四方来的君子若是不以为辱，想与寡人结为兄弟，必定会去见我的夫人，夫人希望见您一面。

的夫子，会向那个不净的淫妇低头，就已然让子路感觉很不痛快。子路的这种心理，恰如珍藏美玉的人甚至不会让不净之物的阴影落到玉上一样。看着子路身体中与那个才能过人的实干家比邻而居的大孩子总也长不大，孔子觉得又好笑又无可奈何。

一日，卫灵公派使者来找孔子，称想和他乘车同游都城，并请教些问题。孔子欣喜，换好衣服便立即前往。

卫灵公随随便便就将这个不解风情的高个子老头尊为贤者，这本就让南子觉得不甚愉快。如今他还瞒着自己，与孔子二人同车出游，就更让南子无法容忍了。

孔子拜见过卫灵公，走到外边正准备一同乘车时，南子却早已身着盛装，坐在车中。车上没了孔子的席位，南子却只是扬起坏笑，看着卫灵公。孔子见状自然不悦，他冷冷地窥视着卫灵公的神情，只见灵公惭愧地垂下眼去，他并没有责备南子，只是默默地为孔子指了指后边那辆车。

两辆车走在卫国都城中，前边那辆豪华的四轮马车上，与卫灵公并肩而坐，风姿绰约的南子如牡丹花一般耀眼夺目。而后边那辆寒酸的二轮牛车上；面露寂寥之色的孔子则正襟危坐。沿途的百姓见到这番光景后，都在悄悄叹息、皱眉。

子路也在人群中目睹了这一幕。他回想起夫子受邀时的欣喜，顿时觉得怒不可遏。此时，南子正在前行的马车上娇滴滴地说着些什么，子路不禁大怒，他攥紧拳头，打算穿过人群，闯到车前去。然而背后突然有人拉住了他，子路想挣脱开拉住他的手，瞪大双眼转过头去，只见来人是子若、子正二人。子路见他们俩拼命拽着自己的袖子，眼里又噙满泪水，这才终于放下了挥在半空中的拳头。

翌日，孔子一行离开了卫国。"吾未见好德如好色者也。"孔子当时如此慨叹道。

十

叶公子高非常喜欢龙，他的起居室中雕刻着龙，绣帐上刺的也是龙，整日都生活在龙的包围之中。天上的真龙听闻此事后大喜，一日，他下到叶公家中，想见见自己的这位爱好者。真龙身形硕大，只见其龙头自窗口向屋里探去，龙尾则伸到了厅堂。然而，叶公见到真的龙后，却不争气地吓得浑身颤抖，仓皇而逃，他惊恐失色，像是丢了魂一般。

诸侯喜欢孔子的贤能之名，却并不喜欢其贤能之实，皆是些叶公好龙之辈。在那些人眼中，现实中的孔子看起来过于庞大。有的国家会以国宾之礼厚待孔子，有的国家则想任用孔子弟子中的几人，但却并没有哪个国家打算实行孔子的政策。在匡城，他们险些遭遇暴民凌辱；在宋国，他们遭奸臣陷害，在蒲邑又再次遇到恶徒袭击。诸侯的敬而远之、御用学者们的嫉妒、政治家们的排挤，这些正是孔子要承受的全部。

即便如此，孔子也从未停止讲诵，不曾懈怠于切磋，他不知疲倦地与弟子们周游于列国。

"鸟则择木，木岂能择鸟？"孔子的自尊心如此强，却绝非玩世不恭之人，他一直希望能够获得重用，且始终真心地、真到令人惊叹地相信着——自己和弟子们想被世间重用并非是为了自己，而是为了天下，为了道义。即便生活贫困，也始终保持乐观，即便内心痛苦，也从未舍弃希望，孔子一行就是这样不可思议。

当他们一行人受楚昭王之邀来到楚国时，陈国、蔡国的大夫们共商计谋，暗中召集暴徒，将孔子他们围困在路上。陈、蔡两国是怕孔子被楚国任用，因而出面阻挡。这已经不是他们第一次遭遇暴徒袭击了，但此次的境遇却最为窘迫。粮食来源被断，大家已有七天没能生火做饭。饥饿、疲惫，致使病倒的人日益增多。然而，在弟子们的疲倦、惶恐之中，唯有孔子一人气力丝毫未减，一如平常地不停依琴瑟而咏歌。不忍继续看着众人疲倦之态的子路有点生气，他走到孔子身边，问道："夫子之歌，礼乎？"孔子不作答，弹琴的手也不见停歇，直到一曲终了，他才终于开口：

"由来！吾言汝。君子好乐，为无骄也；小人好乐，为无慑也。其谁之子不我知而从我者乎？"①

一瞬间，子路怀疑自己听错了。陷入如此困境，还能不卑不亢地奏乐唱歌？但是，他马上就想明白了，随即也高兴起来，情不自禁地执戚而舞。孔子随着子路的节奏弹起琴来，将一首曲子演奏过三遍才作罢。旁观的弟子们也暂时忘记了饥饿与疲惫，加入这豪迈的即兴舞蹈之中。

---

① 译文：子由你来，我告诉你，君子喜好音乐，是为了不骄横自满；小人喜好音乐，是为了壮胆造势。有谁是不了解我而跟随我的吗？

同样是困厄于陈蔡之际，眼看着难以突破困境，子路问孔子道："君子亦有穷乎？"之所以这样问，是因为依照师父平时的主张，君子是不会有"穷"之时的。

孔子即刻答道："穷于道之谓穷。今丘抱仁义之道以遭乱世之患，其何穷之为！若食穷体瘁即为穷，则君子固穷，小人穷斯滥矣。"①夫子出乎意料的回答，让子路不由得面红耳赤，就好像自己心里的那个"小人"被戳穿了一般。望着深知君子固穷，大难临头亦面不改色的孔子，子路不禁感叹于夫子的大勇。而自己曾经引以为傲的白刃当前也不眨眼的最低级的勇，又是多么渺小啊。

<h2 style="text-align:center">十一</h2>

从许国前往叶国途中，子路独自一人落后于孔子一行，走在田间小路上时，遇到一位带着除草农具的老人。子路朝他微微点头，问道："请问您看到夫子了吗？"

老人站定，冷淡地答道："你光是说夫子夫子的，我怎会知道谁是你的夫子？"他眼神犀利地打量了一番子路的装束，轻蔑般地笑了起来："我看你定是个四体不勤，不务实事，成日活在空洞理论里的人吧。"老人随后走进一旁的田地里，不停地除起

---

① 译文：君子无法实现志向谓之穷。如今我遭逢乱世，却依然怀抱仁义之道，怎能叫作穷呢！如果说缺少衣食、身体疲病就是穷困，那么君子固守穷困，而小人一旦穷困，就会胡作非为。

了草，没再回头看子路一眼。

子路心想此人定是一位隐者，随即略施一礼，站在路旁，继续等着老人开口。老人默默干完活回到小路上，带着子路向自家走去。此时已是日暮时分，老人杀了鸡，做了黄米饭来款待子路，还向其引见了自己的两个儿子。饭后，喝过少许浊酒的老人起了醉意，他拿起身旁的琴弹奏起来，两个儿子则和着琴声唱道——

湛湛露斯，
匪阳不晞。
厌厌夜饮，
不醉无归。①

他们的生活显然很贫乏，但家中却充满了其乐融融的宽裕气息。父子三人温和的面容中，不时会闪现出一丝引人注目的智慧光彩。

一曲终了，老人对子路说："陆地行车，水面行舟，自古如此。如今若要陆地行舟，可行吗？想在当今世道施行周朝古法，恰如想在陆地上行舟。如果给猴子穿上周公之服，它必定会吓得撕碎扔了那衣裳……"

显然，老人知道子路是孔子的门徒才说了这番话，他又说道："只有享尽人生乐趣，才称得上是得志，所谓得志，可不是

---

① 出自《诗经》中的《小雅·湛露》。"浓重的露水，朝阳不出不蒸发。愉悦的晚宴，不到大醉不回家"之意。

指加官进禄。"想来，老人的理想定是淡然无极的生活吧。对子路而言，这并非他第一次接触遁世哲学。他曾在长沮、桀溺二位隐士，还有楚国佯狂的接舆身上见识过，但像现在这样走进他们的生活，并与其共度一夜的经历还从未有过。从老人温和的话语、安然自得的神情中，子路觉得这也不失为一种美好的活法，甚至还生出了几分羡慕。

不过，子路并非默默地认同了老人的所有观点。"与世隔绝固然快乐，但人之所以为人，并不是要去尽享快乐。只求区区一己洁身自好，却乱了伦常大道，这并非为人之道。当今时代大道不行，这一点我们早已知晓，眼下就连讲道何其危险，我们也很清楚。可是，越是无道之世，不是越有不惧危险去讲求大道的必要吗？"

第二天早晨，子路离开老人的家，继续赶路。一路上，他将孔子与昨晚的老人放在一起做对比。孔子的洞察力绝不会逊于那位老人，孔子的欲望也并不比那位老人多，尽管如此，他还是放弃了明哲保身的人生，为了道而周游天下，一想到这些，昨晚对那位老人全然不曾感受到的憎恶，突然涌上子路的心头。接近正午时分，子路终于在远处绿色麦田间的小路上，看到了一群人的身影。当看见在人群中格外突出的孔子那高大的身姿时，子路忽地感受到一种揪心似的苦楚。

十二

在离开宋国，前往陈国的渡船上，子贡与宰予以师父说过的

"十室之邑，必有忠信如丘者焉，不如丘之好学也"①这句话为中心，展开了一场争论。

子贡说："师父话虽如此，但他的伟大主要取决于非凡的天赋。"宰予则不以为然："个人后天的努力对自我完善的贡献才更大。"

宰予认为，孔子与弟子们之间的能力差异是数量上，而绝非性质上的差异。孔子所拥有的品质，其实许多人都有，只不过孔子通过不间断的刻苦努力，将他的每一项品质都磨炼至如今的伟大程度。但是子贡认为，数量上的差异再巨大，最终也不会转变为性质上的差异，而且，如果能将自我完善的努力坚持到那种程度，这本身不就是他生来天赋非凡的最好证据吗？不过，若说到孔子的最核心和天才的品质，子贡说道：

"应该是优秀的中庸本能。不管在何时何地，夫子那完美的中庸本能，都会让他的进退显得非常得体。"

"瞎说什么呢！"一旁的子路露出满脸不悦，"你们这些光会动嘴，没胆量的小子！现在这船要是翻了，我看你们的脸不知会被吓得多白。要我说啊，一旦出了事，真能帮上夫子的人只有我。"看着这两个尽情对辩的年轻师弟，子路想起"巧言乱德"这句话，暗自为自己胸中那一片冰心而扬扬得意。

然而，子路对师父并非全然没有不满。

---

① 译文：即便是在只有十户人家的小村子里，也定会有像我这般忠信之人，只是不如我这样好学罢了。

　　昔年陈灵公与臣下之妻私通，甚至穿着那女人的内衣上朝，向众人炫耀时，一位叫泄冶的大夫因为进谏而被杀。这件事发生在百年之前，一位弟子曾就此事向孔子求教，他说泄冶正谏被杀，与古代名臣比干的因谏而死并无二致，故而是否也能称之为"仁"呢？

　　孔子答曰："非也，比干与纣王是血亲，而且官拜少师，因此他不惜以死谏言，是期待着自己被杀之后，纣王能幡然悔悟。他这么做确实可以称之为'仁'。但泄冶与陈灵公并无血肉之亲，官位也不过一介大夫，他若是明白君不正则一国不正的道理，就应当果断地全身而退，然而泄冶不自量力，竟想凭区区一己之力改正一国之淫靡，最终白白葬送了自己的性命，这怎能算得上是'仁'呢？"

　　这位弟子听后，满意地离开了，然而一旁的子路却怎么都没法认同。于是，他即刻开口道："且不谈仁与不仁，他不顾一己安危，想改正一国之紊乱，这已然是一种超越了智与不智的尊贵品质吧？不管结果如何，都不能断言他的死毫无意义吧？"

　　"由啊，你光是看见那种小义之中的伟大之处，却没有看到更高的层面。古代名士见国家有道，便会尽忠辅佐，若是见国家无道可言，则会抽身而退。看来你现在还不明白这种出入进退的妙处。有诗云，'民之多辟，无自立辟'①，这说的大概就是泄冶吧。"

　　"可是……"思考了许久，子路开口道，"照您的意思，这

―――――――――――――――――――――

① 译文：民间多邪僻之事，不必枉自立法。

世上最重要的事，说到底就是谋求一己之安危，而不是舍生取义吗？一个人出入进退得是否适时，难道比天下苍生的安危还重要吗？倘若泄冶看着眼前的乱伦，只是皱皱眉头，抽身而去，那么对他个人而言或许不错，但对陈国的百姓而言，这么做到底有什么用呢？与之相对，知道进谏无用依然冒死谏言，从对影响国民风气上而言，不是要有意义得多吗？"

"我并不是说凡事唯有保全自身安危最重要，若是那样，我也不会称赞比干是仁者了。只是，即便要为了道义而舍弃生命，也要分舍弃的时机和地点。拥有判断这些的智慧，并非是为了一己私利。急于一死绝非什么本事。"

这话听来确实不无道理，但子路心中仍有无法释然之处。有时他觉得，师父的言论中一边强调着应该杀身成仁，一边却又有将明哲保身当作最高智慧的倾向。这一点着实让子路有所介怀，其他弟子之所以没有这种感觉，都是因为明哲保身主义已然成了他们身上难以剥离的一种本能。如果把"明哲保身"当作一切的根基，建立在其上的是仁，而非义的话，他们必定将面临危险。

子路带着难以释怀的神色离开时，孔子目送着他离去的背影，忧愁地说道："邦有道，如矢；邦无道，如矢。①子路也是卫国史鱼②之辈啊。恐怕，他不会选择寻常的死法吧。"

楚国讨伐吴国时，工尹商阳追赶在吴军之后，与他同乘的公

---

① 译文：国家有道，他的言行像箭一样直；国家无道，他的言行也像箭一样直。
② 史后是春秋时代的卫国大夫，秉性正直，敢于谏诤。

子弃疾①对他说："杀敌王命在身，你该拿起弓箭。"工尹商阳这才拿起弓，等到公子弃疾催他"射箭吧"，他才终于射死一人。然而，他即刻就将弓收进了皮囊。等到再次被公子弃疾催促时，他才又拿出弓，射中了两个人，而且每射中一个人，都会遮住眼睛，不忍直视。如此终于杀了三个人，他说："以我现在的身份，杀三个人已足够去复命了吧。"随即驱车返回了楚国。

孔子听闻此事后，赞许道："杀人之际依然重礼。"但子路却说不可能有这么荒唐的事。特别是那句"对我来说杀三个人足矣"，恰恰就是子路最厌恶的将个人行动置于国家休戚之上的思考方式，他感觉很恼火，于是愤怒地反驳了孔子："人臣之节，当君大事，唯力所及，死而后已。夫子何善此？"②

孔子对此确实无话可说，只是笑着答道："然。如汝言也，吾取其有不忍杀人之心而已。"③

十三

四度进出卫国，在陈国停留三年，并游历过曹国、宋国、蔡国、叶国和楚国，这一路上，子路始终追随在孔子身边。

到如今，他们已不再期望能遇到愿意施行孔子之道的诸侯，但不可思议的是，子路看起来已不再为此事而焦急。对世道之浑

---

① 公子弃疾为楚共王幼子，楚灵王之弟，楚灵王死后继位，是为楚平王。
② 译文：身为人臣，遇到国君大事，应当竭尽全力，死而后已。夫子为何要赞赏他的行为呢？
③ 译文：你说的对，我也只是赞赏他的不忍杀人之心而已。

浊、诸侯之无能、孔子之不遇反反复复愤懑焦躁过数年之后，现在的子路终于漠然地开始看清孔子以及追随孔子的弟子的人生意义何在。不过，这种状态与消极认命或放弃又大不相同。虽说是认命，但子路的认命却是觉醒了要作为"不局限于一个小国、一个时代，而是天下万代的木铎"之使命的，是相当积极地认命。

在匡地被暴民围攻时，孔子曾毫不畏惧地说过"天之未丧斯文也，匡人其能如予何"，如今，子路终于彻底理解了这句话。在任何情况下，都不能绝望，不能蔑视现实，始终都要在有限的范围内倾尽全力——他明白了师父的这种大智慧，也开始理解孔子为什么时常带着会被后人看到的意识行事。或许是被过多的俗世才能所困，聪颖的子贡对孔子这种超越时代的使命却认知尚浅，而朴实的子路，或许是因为对师父的敬爱过于单纯，反倒能够理解孔子这一存在的伟大。

在年复一年的流浪中，子路也已年过五十。虽然很难说他被磨光了棱角，但他的个性到底是变得更加沉稳了。无论是他那被后世称作"万钟于我何加焉"的骨气，还是炯炯有神的目光，如今的子路已然没有当年身为游侠的狂妄，而是练就出了自成一家的堂堂风采。

十四

孔子第四次来到卫国时，受年轻的卫侯与正卿孔叔圉等人的请求，推举子路在卫国为官。直到时隔十余年，孔子被迎回故国时，子路依然独自留在卫国。

近十年间，由于南子的荒淫，卫国纷争不断。先有公叔戍企图铲除南子，反倒因南子的谗言而逃亡鲁国。之后是卫灵公之子，太子蒯聩也意欲刺杀南子，最终未能成功而逃往晋国。就在太子之位尚且空缺之时，卫灵公逝世。不得已之下，朝廷将逃亡太子的儿子——年幼的辄立为国君，是为卫出公。随后，出逃的前太子蒯聩借晋国之力，潜入卫国西部，对卫侯之位虎视眈眈。父亲蒯聩意图夺取儿子的王位，身为儿子的现任卫侯出公则要阻止父亲的篡权行径，这就是子路上任之时的卫国态势。

子路的工作就是作为宰，为孔家治理好蒲地。卫国的孔家，是相当于鲁国季孙氏的名门贵族，身为大夫的孔家之主孔叔圉久负盛名。蒲地正是因南子的谗言而逃亡在外的公叔戍的旧领地，因此，当地人总是对将主人驱逐出国的当今朝廷持反抗态度。蒲地民风本就彪悍，从前子路追随孔子来到这里时，就曾遭受暴民袭击。

在赴任之前，子路去拜访孔子，讲起了"邑多壮士，又难治也"的蒲地现状，向孔子求教治理之法。

孔子说："恭而敬，可以摄勇；宽而正，可以怀强……温而断，可以抑奸。"①

子路听后，再次敬礼感谢，随后欣然赴任。

抵达蒲地后，子路先将当地有权有势者和反抗分子们聚集一堂，跟他们坦诚地沟通了一番。这并非是征服手段，而是因为知道孔子常说的那句"不可不先教化就施以刑罚"，才要先向他们

---

① 译文：谦恭谨敬可以慑服勇士，宽厚正直可以使强者归顺……温和果断可以抑制奸邪。

表明自己的想法。子路毫不做作的率直性情似乎正合这片粗犷之地的风气，所有壮士都对子路明快豁达的个性敬服有加。而且，这时的子路已经作为孔门首屈一指的好汉而扬名天下。至于诸如"片言可以折狱者，其由也与"这样出自孔子之口的褒奖之词，则早已被添枝加叶，传得世人皆知了。而这些评价，也确实成了子路能够赢得蒲地壮士们敬服的原因之一。

三年后，孔子偶然经过蒲邑。刚刚进入其领地，孔子就赞叹道："善哉由也，恭敬以信矣。"进入蒲邑时，他又说道："善哉由也，忠信而宽矣。"等到终于要进入子路的官邸时，孔子再次说道："善哉由也，明察以断矣。"

子贡手执马嚼子，问孔子为何尚未见到子路就称赞他，孔子如此回答："刚入境时就见到此地田地整齐，杂草尽除，沟渠深治，这说明子路作为掌权者谦恭可信，百姓们才会如此尽力。进入蒲邑，房屋完好，树木繁茂，可见子路为人忠信宽厚，百姓工作生活才不会敷衍了事。最后走进子路的官邸，但见庭院清净，侍从仆童无一人不听命行事，这正是因为子路明察善断，政事才会有条不紊。因此，即便我还没见到仲由，他的政绩不也是一目了然吗？"

十五

鲁哀公西巡在大野狩猎时，抓到了一只麒麟，当时子路正巧临时从卫国返回鲁国。小邾国一名叫射的大夫，也正是这时叛国来投奔鲁国。跟子路只有一面之缘的此人说："只要子路相信我，我不需要什么盟约。"

依照当时风习，逃亡他国之人只有同该国签订盟约，人身安全得到保障之后，才能在当地安居，而这位小邾国的大夫却说"只要有子路的保证，就不需要鲁国的盟约了"。这是因为"子路无宿诺"，子路守信、直爽的个性，早已广为人知。然而，子路却无情地拒绝了他的请求。有人说："这个人不愿相信千乘之国的盟誓，却只相信子路你一人的话，他的夙愿不过如此，你为何以此为耻呢？"

子路答道："如果鲁国与小邾国之间发生战事，我必须死在其城下，我也定会二话不说，欣然应允。可这个叫射的却是个卖国的不忠之臣，如果我帮他做了保证，就相当于我认可了这个卖国贼。所以我能不能给他做保证，这事还需要多虑吗？"

当熟悉子路的人听闻此事后，不禁莞尔，因为这的确是他会做的事、会说的话。

同年，齐国陈恒弑君。孔子斋戒三日后，来到鲁哀公面前，提出应当出于道义讨伐齐国。孔子先后请求了三次，鲁哀公却因畏惧齐国的强大而不肯应允，只说让他去跟季孙商议此事。然而季康子不可能赞成孔子的提议。孔子从鲁哀公面前退下后，对旁人说："我毕竟位列大夫之末，不能不这么说。"孔子的意思是，尽管知道讨伐齐国无望，碍于自己目前的身份也必须说说这事。(孔子当时正享受国老待遇。)

子路听说后便有些郁郁不乐，他想，夫子所做之事只是为了完善形式吗？他的义愤程度是只要形式完备，即便不付诸实行也无妨吗？

虽接受孔子教诲近四十年，子路与师父之间的这条鸿沟却依然存在。

<h1 style="text-align:center">十六</h1>

子路在鲁国期间，卫国政界的重要人物孔叔圉逝世。他的妻子，也即逃亡太子蒯聩的姐姐伯姬，这位女策士开始登上政治舞台。尽管孔叔圉之子孔悝继承了父位，但不过是名义上的继承而已。对伯姬而言，现任卫侯辄是她的外甥，而觊觎王位的前太子是她的弟弟，她跟两者的亲疏程度本该相当，但由于爱憎、利欲等复杂原因，她却只为自己的弟弟出谋划策。夫君死后，一位颇得伯姬宠幸的侍从出身的俊美青年浑良夫，频频被她当作使者，往返于自己和弟弟蒯聩之间，密谋驱逐现任卫侯。

子路再次返回卫国时，卫侯父子的争斗正日趋激化，一场政变仿佛随时可能爆发。

周敬王四十年（公元前480年）①十二月某日，临近黄昏时分，子路家中突然闯进一个慌慌张张的使者。他从孔家家臣栾宁

---

① 此处原文是"周昭王四十年"，有误。周昭王在位共十九年，不可能有"周昭王四十年"的说法，根据子路生活的年代，应该是周敬王时期，依此改。

190 ·

那里带来了口信："前太子蒯聩今天潜入都城，方才已进入孔宅，正与伯姬、浑良夫一起威胁家主孔悝，协助他夺回卫侯之位。眼下大局恐难以扭转，我（栾宁）现在奉现任卫侯之命前往鲁国，之后的事就交给你了。"

终于来了，子路心想。不管怎样，听说自己的主人孔悝被抓被胁迫，他无法坐视不管，心急火燎地直奔宫殿。

子路要进宫殿外门时，恰好撞上了一个从里边出来的矮个子男人。此人是子羔，他是子路在孔门的师弟，经子路推荐做了卫国的大夫，是个老实而胆小的人。

子羔说："内门已经关上了。"

子路答道："无碍，能走到哪儿就走到哪儿吧。"

"可是你进去也没用，说不定反倒会遇难。"子羔又说道。

子路气愤地开口道："你不是吃孔家俸禄的吗？有难为何要避！"

甩下子羔，子路冲至宫殿门处，见果然是大门紧闭，便咚咚咚地猛敲起门。

"不可入内！"门内有人喊道。

子路大声斥责起那个声音："听这声音，是公孙敢吧？为了避难而变节，我可不是那种人。只要我还吃孔家俸禄，就必须救其于危难之中。开门！开门！"

这时正巧有人从里边出来，子路便趁机闯了进去。

只见庭院内站满了人，都是因为要以孔悝之名，宣布拥立新卫侯而被紧急招来的大臣们，他们个个面露惊愕、困惑，仿佛正在为向背而迷茫。朝向庭院的露台上，年轻的孔悝正被母亲伯姬和舅舅蒯聩挟持，被迫面朝众人发表政变宣言及说明。

子路站在众人背后，朝着露台大喊道："你们抓孔悝做什么？快放开他，就算你们杀了孔悝一个，正义之士也不会灭亡！"

子路自然是想先救出自己的主人，当满院的嘈杂声瞬间平息，所有人都回头看向他时，子路便开始煽动众人："太子可是出了名的胆小鬼，若是从下边放火烧那露台，他定会吓得放了孔悝。现在就放火，快放火！"

此时已是薄暮时分，庭院的各个角落里都点起了篝火。子路指着那些篝火，喊道："放火！放火！感念先代孔叔圉之恩者，一齐拿起火把，烧了那露台，救出孔悝！"

站在露台上的篡权者惊恐不已，随命石乞、盂黡两位剑客去了结子路。

子路与这二人展开了激烈厮杀，然而，当年勇猛的子路也难敌年岁，他越战越疲惫，呼吸也慌乱了起来。见子路形势不妙的众人，此刻终于明确了自己的立场，他们的骂声朝子路涌去，无数的石头、木棒也砸在了子路身上。当敌人手中长戟的尖端划过子路的脸颊时，他的帽缨被割断，帽子旋即歪向一侧。正当子路伸出左手准备扶正帽子时，另一个敌人手中的剑便刺进了他的肩膀。鲜血四溅，子路骤然倒地，而他的帽子也落到了地上。这时候，只见躺在地上的子路伸手捡起自己的帽子，端端正正地戴在头上，并迅速系好了帽缨。在敌人的利刃之下，躺在鲜红血泊中的子路，拼尽最后一丝气力，大声疾呼道：

"看啊！君子死，冠不免！"

子路整个人被剁得犹如肉酱，一命呜呼。

远在鲁国的孔子听说了这场卫国政变之后，即刻说道："柴（子羔）归，由死矣。"后来，当知道结局确实如他所言，这位老圣人长久地伫立瞑目，潸然泪下。据说，听闻子路的尸体又遭受醢刑①后，孔子命人扔掉了家中所有的腌渍类食物，并禁止再将酱摆上餐桌。

---

① 中国古代的酷刑之一，指将人剁成醢（肉酱）。

图书在版编目（CIP）数据

山月记/(日)中岛敦著;六花译;鱼眼绘. --
杭州:浙江人民出版社,2022.6
ISBN 978-7-213-10649-1

Ⅰ.①山… Ⅱ.①中… ②六… ③鱼… Ⅲ.①中篇小
说—小说集—日本—现代②短篇小说—小说集—日本—现
代 Ⅳ.①I313.45

中国版本图书馆CIP数据核字（2022）第098503号

山月记
SHAN YUE JI

［日］中岛敦 著　六花 译　鱼眼 绘

出版发行	浙江人民出版社（杭州市体育场路347号 邮编 310006）	
责任编辑	张世琼	
责任校对	陈　春	
封面设计	山川制本@Cincel	
电脑制版	刘珍珍	
印　　刷	河北鹏润印刷有限公司	
开　　本	880毫米×1230毫米　1/32	
印　　张	6.25	
字　　数	135千字	
版　　次	2022年6月第1版	
印　　次	2022年6月第1次印刷	
书　　号	ISBN 978-7-213-10649-1	
定　　价	49.80元	

如发现印装质量问题，影响阅读，请与市场部联系调换。
质量投诉电话：010-82069336